窗外
有藍天

E. M. 佛斯特 ——著　顏湘如 ——譯

A Room With a View

E. M. Forster

Contents

第一部 PART ONE

第二部　PART TWO

第一部

第一章　貝托里尼旅館

「房東太太怎麼可以這樣？」巴特雷特小姐說：「實在太過分了。明明答應要給我們南邊兩間緊鄰的景觀房，結果他現在卻給我們北邊的房間，房間面向中庭不說，還離得大老遠。露西，妳評評理！」

「而且她還是倫敦人！」意外聽到房東太太的口音，讓露西更加難受：「說這裡是倫敦也不為過。」她看看坐在桌旁的那兩排英國人，以及擺在他們中間，長長的一排白色水瓶與紅色酒瓶，又看看掛在他們背後，裝裱著沉重畫框的畫像。那是已故女王與桂冠詩人。最後再看看牆上僅剩的另一件裝飾品，是英國聖公會的公告（署名卡斯柏・伊格牧師，牛津大學文學碩士）。

「夏綠蒂，妳不覺得我們好像還在倫敦嗎？我簡直不敢相信，出了這個門看到的全是異國景致。我想我是累壞了。」

「這個肉肯定已經熬過湯了。」巴特雷特小姐說著，放下叉子。

「我真的好想看亞諾河。房東太太的信上明明說我們的房間可以眺望河景，她怎麼可以出爾反爾。真過分！」

「我住什麼房間都可以。」巴特雷特小姐接著說：「不過妳看不到風景一定很難受。」

露西忽然覺得自己有些自私，連忙說：「夏綠蒂，妳別太寵我，妳當然也要看看亞諾河，真的。前面一有空房……」

「妳就去住。」巴特雷特小姐說。這趟旅行，露西的母親幫她出了部分旅費，因此她時不時就會圓滑地對這份慷慨表達感謝之意。

「不行，不行，妳去住。」

「妳非聽我的不可，不然我沒辦法向妳母親交代，露西。」

「我才沒辦法向她交代呢。」

兩位小姐的聲音愈來愈大，糟糕的是，真有點像在吵架。她們倆都累了，還要假裝客氣地你推我讓。有幾個鄰座客人互相使了個眼色，其中一人忽然將身子探過桌面，硬生生打斷她們。在國外總會遇到這種缺乏教養的人。

他說：「我的房間有風景，我的房間有風景。」

巴特雷特小姐大吃一驚。通常在這種公寓式的小旅館，房客都會先觀察一兩天才與她們攀談，而且往往都是在她們離開後，才發現她們還「可以」。她知道這個插嘴的人很沒禮貌，甚至還沒看上一眼就知道了。他是個老人，身材壯碩、鬍子刮得乾乾淨淨，有一雙大眼睛。那雙眼中帶著點孩子氣，卻又不是老頑童般的稚氣，至於究竟是什麼樣的孩子氣，巴特雷特小姐也顧不得細想，目光便轉移到他的穿著。不是她喜歡的品味。他八成是想趁她們熟悉環境以前，和她們攀上交情。因此當他說話時，她故意露出驚詫的表情，然後說：「你的房間有風景？你的房間有風景啊？那真是太好了！」

「這是我兒子喬治。」老人說道：「他的房間也看得到風景。」

巴特雷特小姐回了一聲「喔」，阻止正要開口的露西。

「我的意思是，」他又接著說：「妳們可以來住我們的房間，我們去住妳們的，互相交換。」

較文雅的房客一聽都驚呆了，不禁同情起新房客。巴特雷特小姐於是盡可能小聲地回答：「真的非常謝謝您，但是絕對不可以這麼做。」

「爲什麼？」老人問道，同時雙手握拳放到桌上。

「因爲真的不可以，多謝您了。」

「說真的，我們不方便接受……」露西的話還沒說完，又再次被表姐制止。

「爲什麼？」他就是不死心：「女人喜歡看風景，男人不喜歡啊！」他邊說邊用拳頭搥桌子，像個頑皮的小孩，隨後又轉向兒子說：「喬治，你來勸勸她們。」

「很明顯，我們的房間應該讓給她們住，這還有什麼好說的。」兒子說道。

他說話時並未看著兩位小姐，而他的語氣顯得茫然且鬱悶。露西也感到茫然，但她知道她們勢必會「醜態畢露」，而且她有個奇怪的感覺，每當這些粗魯無禮的房客一開口，爭端就會擴大、加深，到最後已無關房間與景觀，而是……怎麼說呢？他們彷彿是爲了截然不同的東西而爭執，而且她原先並未發現有這樣東西存在。這時，老人幾近痛斥般質問巴特雷特小姐：爲什麼她不肯換房間？她到底有什麼理由反對？他們只需半小時就能把房間清出來。

儘管巴特雷特小姐的談話技巧高明，但面對這種蠻不講理的情況也無能爲力。碰到這種大老粗，就算不予理會，他也不會善罷干休。她不高興地漲紅了臉，環顧四周的眼神彷彿在說：「你們也都像他一樣嗎？」桌子另一頭坐了兩位老太太，披肩披掛在椅背上，她們回望的眼神顯然暗示著：「我們不是，我們可是溫文爾雅的人。」

「吃飯吧，親愛的。」她對露西說，然後又開始撥弄她先前嫌棄的那塊肉。

露西嘴裡嘟噥著說，對面那些人真奇怪。

「還是吃飯吧，親愛的。這家旅館太差勁了，明天我們換一家。」

這個可怕的決定一說出口，她馬上就反悔了。就在這時，餐廳另一頭的門簾拉開來，走進一位身材肥胖但讓人頗有好感的神職人員。他匆匆想找位子坐下，一面爽朗地爲自己遲到而道歉。還不太熟悉社交禮節的露西立刻站起來，高喊道：「噢！是畢比先生！真是太好了！夏綠蒂，不管房間有多糟，我們就別再抱怨了。哎呀！」

巴特雷特小姐較爲拘謹地說：「最近可好，畢比先生？您想必已經不記得了，我們是巴特雷特小姐和霍尼徹奇小姐。有一年復活節特別冷，您到坦橋井鎮的聖彼得教堂去幫教區牧師的忙，當時我們也在那裡。」

這位看似來度假的牧師不太記得這兩人，至少不像她們那麼清楚地記得他。不過他還是親切地走上前，應露西之邀坐下。

「能見到您，我**實在**太高興了。」露西的心靈空虛不已，要不是表姐攔著，就算是與侍者聊聊她也樂意。「這世界真小。還有夏日街也是，實在太有趣了。」

「霍尼徹奇小姐住在夏日街教區。」巴特雷特小姐替她補充說明：「她正好跟我談起您剛剛接下教區長的職務……」

「是啊，我上星期從母親那兒聽說的。她不知道我在坦橋井鎮就認識您，不過我馬上回信告訴她：『畢比先生是……』」

「一點也沒錯。」牧師說道：「我六月會搬進夏日街的宿舍。我很幸運，能被派到這麼可愛的社區。」

「我太高興了！我們的房子名叫『風之隅』。」

畢比先生微微點頭致意。

「平常只有我和母親會去教堂，我還有弟弟，不過很難叫得動他上……我是說教堂還滿遠的。」

「露西，親愛的，讓畢比先生用餐吧。」

「謝謝妳，我在吃呢，也吃得很愉快。」

畢比先生記得自己看過露西彈琴，他寧可和露西聊天，也不想和八成記得他布道內容的巴特雷特小姐說話。他問露西對佛羅倫斯熟不熟，露西則長篇大論地說自己從未來過。爲初來乍到的人提供一點旅遊建議是件愉快的事，何況他還是箇中高手。

「附近一帶也應該去看看。」他下此結論：「只要下午天氣一放晴，不妨搭車去菲耶索萊，順便繞到塞蒂尼亞諾之類的地方走走。」

「不對！」從餐桌上位的方向傳來一聲高呼：「畢比先生，您說錯了。下午的天氣一放晴，兩位小姐該去的地方是普拉托。」

「那位女士看起來聰明得很，我們走運了。」巴特雷特小姐低聲對表妹說。

的確，各種意見立刻紛湧而至。眾人你一言我一語地告訴她們該參觀些什麼、該什麼時候去、如何攔電車、如何擺脫乞丐、買一張吸墨紙要多少錢，還有她們會如何漸漸對這個地方著迷。貝托里尼旅館的眾房客幾乎是滿懷熱情地接納了她們，無論朝哪個方向看，都有和善的女士對她們微笑、大聲建議，其中又屬那位聰明女士喊得最大聲：「普拉托！她們一定得去普拉托。那個地方髒亂落後到極點，言語無法形容，我愛死了。大家也知道，我最恨不得擺脫禮教和體面的束縛了。」

那個名叫喬治的青年瞅了聰明女士一眼，隨即悶悶不樂地繼續用餐。他們父子倆顯然並不受歡迎。露西在成功融入之際，居然還有工夫希望大家也能接受他們。看到有人被冷落，她一點也不開心。當她起身離開時還特意轉過去，不安地對這兩位受排擠的人微微欠身。

父親沒看見她，兒子則回禮致意，但不是像她一樣欠身，而是揚起眉毛露出微笑。他的微笑彷彿隔著一層什麼。

表姐已經消失在門簾另一邊，她連忙追上去，那門簾打在臉上力道不小，看起來沉甸甸的，似乎不只是普通布簾。那個不守信用的房東太太就站在門簾背後，對著房客鞠躬道晚安，她的小兒子伊納里和女兒薇朵莉也陪著她一起。一個倫敦人試圖表現出南方人的優雅溫柔，這樣的場面有些怪異，但更怪異的是那客廳，幾乎可以媲美倫敦西區那些舒適無比的高級膳宿公寓。這裡真的是義大利嗎？

巴特雷特小姐已經坐上一張椅墊填充得十分飽滿的扶手椅，椅子的顏色與形狀都像番茄。她正在和畢比先生交談，一邊說著，窄長的頭一邊緩慢而規律地前後擺動，好像想擊碎什麼看不見的障礙。她說道：「我們對您感激萬分，第一天晚上畢竟意義重大。您到的時候，我們正處於最難熬的時刻。」

他表達了遺憾之情。

「對了，用餐時坐在我們對面的那位老先生，您知道他姓什麼嗎？」

「愛默生。」

「他是您的朋友嗎？」

「我們處得不錯，就像一般在旅館裡認識的人。」

「那麼我就不再多說什麼了。」

他才稍微追問一句，她便又接著說了。

「事實上，」她說道：「我可以說是我表妹露西的伴護人[1]，若是讓她接受全然陌生的人幫助，這事非同小可。再說，他的態度有些不恰當，但願我沒有做錯。」

「妳這麼做是理所當然。」他似乎若有所思，過了一會兒又加上一句：「不過，就算接受了，我想也無傷大雅。」

「當然無傷大雅，但我們不能欠下人情。」

「他是個很奇特的人。」他又遲疑了一下，才輕聲說：「我想就算妳們接受了，他也不會占妳們便宜，或是期望妳們表達感激。他有個優點——如果這能算是優點的話——就是心裡有什麼說什麼。他覺得他的房間沒什麼特別，但對妳們來說可能不一樣。他並不是想讓妳們欠他人情，就像他也沒有想到對人要有禮貌一樣。實話實說的人真的很難理解，至少我是這麼覺得。」

露西很高興地說：「我本來就希望他是出於好意，真的，我總希望大家都是好人。」

「我想他是好人，令人厭煩的好人。在任何重要的事情上，我幾乎都和他意見相左，因此我猜想，或者應該說我希望，妳們也和他的想法不同。但他只是和人不同調，不是值得非難的人。他剛來的時候，很自然就把大夥兒給惹惱了，他處事不圓融又不懂禮節，心裡也藏不住話。我的意思倒不是說他粗魯無禮。我們差點就要去向那位令人失望的房東太太抱怨，所幸後來還是打消了主意。」

「那麼，可以說他是社會主義者嗎？」巴特雷特小姐問道。

畢比先生認同了這個省事的用詞，但嘴角仍不免抽動了一下。

「他應該也把兒子教養成社會主義者了吧？」

「我和喬治不熟，因爲他還沒學會交際。他看起來是個不錯的人，腦筋應該也滿好的。不過當然了，他的性子和他父親一模一樣，所以很可能也是社會主義者。」

---

1 伴護人：指陪同未婚女子出席公開社交場合，予以陪伴及監督的人，通常由已婚的年長女性擔任。

「聽您這麼說我就放心了。」巴特雷特小姐說：「所以您認爲我應該接受他們的提議？您覺得是我太小心眼、疑心病太重了嗎？」

「當然不是了，我絕無此意。」他回答道。

「但無論如何，我顯然失禮了，是否應該道歉呢？」

他略顯煩躁地回答說真的不需要，便起身走進吸菸室。

他的身影一消失，巴特雷特小姐便說：「我是不是很惹人厭？妳怎麼都不說話呢，露西？我敢說，他比較喜歡年輕人。要是我沒有一直纏著他就好了，我本來希望整個晚上連同晚餐時間都讓妳跟他聊天的。」

「他是好人。」露西激動地高聲說：「我果然沒記錯。他似乎能在每個人身上都看到優點，誰都不會當他是牧師。」

「親愛的小露西……」

「妳知道我的意思。妳也知道牧師笑起來通常是什麼樣子，但畢比先生笑起來就跟一般人一樣。」

「妳這孩子真古怪！妳讓我想起妳母親了，不知道她會不會也喜歡畢比先生。」

「我相信她會的，佛萊迪也是。」

「我想住在風之隅的每個人都會，那裡是個時髦開放的地方。而我已經習慣坦橋井了，那裡的人個個都落伍到無可救藥。」

「是啊。」露西幽幽地說。

她隱約感到不以爲然，卻不知道是針對自己，或是畢比先生，或是時髦開放的風之隅，又或是褊狹保守的坦橋井。她試圖想個明白，但卻一如往常地愈想愈迷糊。巴特雷特小姐堅稱她沒有對任何人不滿，最後還補上一句：「妳恐怕會覺得我這個同伴很掃興吧。」露西再次暗忖：「我想必是太自私或太不體貼了，一定要更小心一點。夏綠蒂家裡窮，那感覺該有多糟。」

幸好在此時，從剛才就一直面帶親切微笑的那兩位小老太太裡其中一位走了過來，詢問能不能坐畢比先生坐過的位子。徵得同意後，她便徐徐聊起義大利，說她們來這裡有多麼冒險，慶幸的是這趟冒險十分成功，她姐姐的健康有了起色，又說在這裡晚上得關窗，早上也得把水瓶倒乾淨。她的話題引人入勝，比起客廳另一頭正在熱烈討論的政治議題（關於義大利中世紀的教宗派系與皇帝派系），或許更值得一聽。她又說到住威尼斯的那晚，她在臥室裡發現一種蟲子，雖然也許不是最可怕的，卻比跳蚤還可怕，那可不只是一段小插曲，而是一場災難。

「但是在這裡就跟英國一樣安全。貝托里尼太太是道道地地的英國人。」

「不過我們的房間有怪味。」可憐的露西說：「我們都不敢上床睡覺了。」

「噢，這麼說妳們是面向院子的房間。」她歎了口氣，說：「愛默生先生要是說話圓滑一點就好了！吃飯的時候，我們都爲妳們覺得好尷尬。」

「我想他是出於好意。」

「他肯定是的。」巴特雷特小姐說：「畢比先生剛才還責備我太多疑。當然，我是爲了表妹才會有所遲疑。」

「那可不。」老太太說，接著她們小聲地說事關年輕女孩，愈小心愈好。

露西盡量擺出端莊的樣子，卻仍忍不住覺得自己像個大傻瓜。在家裡根本沒人如此呵護她，不管怎麼說，總之她是沒感覺到。

「至於愛默生先生，我不太了解。沒錯，他是不圓滑，但妳們有沒有發現，有些人做事一點也不優雅，但同時卻做得……很漂亮？」

「漂亮？」巴特雷特小姐對這個字眼大惑不解：「漂亮不就是優雅嗎？」

「一般人都會這麼想。」老太太無奈地說：「但有時候我覺得做人真的好難。」

她沒有再繼續說下去，因爲畢比先生又出現了，一臉神采飛揚。

「巴特雷特小姐，」他呼喊道：「房間的事沒問題了。我真爲妳們高興。愛默生先生在吸菸室裡聊起這件事，因爲我了解情況，就勸他再提一次。他要我來問問妳，他則是千百個樂意。」

「好呀，夏綠蒂。」露西對著表姐喊道：「我們這次一定要接受。這位老先生真是大好人。」

巴特雷特小姐沉默不語。

「看來，」畢比先生頓了一下說道：「是我逾越了分際，很抱歉，我不該多管閒事。」

他滿臉不悅，轉身就要走開，巴特雷特小姐這才回答說：「親愛的露西，我怎麼想一點都不重要，妳的想法才重要。我能到佛羅倫斯來全靠妳的好心幫忙，要是不讓妳做妳喜歡的事，未免太不近情理。如果妳希望和兩位男士交換房間，就依妳吧。畢比先生，能不能麻煩您轉告愛默生先生說我接受他的好意，並帶他到這裡來，好讓我當面向他道謝？」

她說話時特意提高音量，整個客廳的人都聽到了，教宗派與皇帝派的話題討論也戛然而止。牧師心裡暗暗咒罵女性，但還是行禮致意後離開去爲她傳話。

「妳要記住，露西，這件事是我一個人做主的。我不希望由妳出面接受。這點妳無論如何都要答應我。」

畢比先生回來了，十分緊張地說：「愛默生先生現在有事，不過他兒子來了。」

這位年輕人低頭注視著三位女士，由於椅子太矮，她們覺得自己彷彿坐在地上。

「我父親在洗澡，」他說道：「所以無法讓妳當面謝他。不過有什麼話可以告訴我，等他出來，我會如實轉達。」

巴特雷特小姐不敵「洗澡」一詞。平日那些尖刻諷刺的客套話，此時說得語無倫次。小愛默生先生大獲全勝，畢比先生十分高興，露西也暗自竊笑。

他前腳剛走，巴特雷特小姐就說：「可憐的年輕人！爲了房間的事，他該有多氣他父親！但他也只能保持風度。」

「大約半個小時後，房間就會清出來了。」畢比先生說完，意味深長地看了這對表姐妹一眼，便回自己房間，認真寫他頗具哲思的日記去了。

「天啊！」老太太輕呼一聲，打了個哆嗦，好像四面八方的風都吹進房間來了：「男士們有時候就是弄不清狀況……」她的聲音逐漸消失，但巴特雷特小姐似乎聽懂了，兩人於是聊了起來，而聊的主要還是那些搞不太清楚狀況的男士。露西也弄不清狀況，只好看自己的書。她拿起貝德克爾出版的《北義大利旅遊手冊》，努力背下佛羅倫斯史上的重要事件，因爲她決定隔天要玩個盡興。半小時不知不覺就過去了，她們各有收穫，最後巴特雷特小姐歎著氣起身，說道：「我想現在也該大膽行動了。不，露西，妳別動。我來指揮就好。」

「就像妳處理所有事情一樣。」露西說。

「當然了，親愛的，這是我份內的事。」

「可是我想幫忙。」

「不用了，親愛的。」

好個精力充沛的夏綠蒂！又那麼爲人著想！她一直都是這樣，但說真的，在這趟義大利之行中她又更勝以往，露西這麼覺得，也或許是努力讓自己這麼覺得。然而……她有點叛逆地暗想，她們接受更換房間的態度是不是能少優雅一點，而且更漂亮一點？總而言之，她進到自己房間時毫無一絲喜悅。

「我要解釋一下為什麼我挑大的房間。」巴特雷特小姐說：「當然了，那間房原本應該給妳的，但我剛好聽說那個年輕人本來住那間，我敢說妳母親也不會希望妳去住。」

露西聽得一頭霧水。

「如果妳要欠人情，欠他父親總比欠他好。我也算是飽經世故的人，我知道事情會有什麼後果。不管怎樣，有畢比先生作保證，應該不用擔心他們會趁機占便宜。」

「母親不會介意的，這我知道。」露西說道，但也再次覺得生出了更大且意想不到的問題。

巴特雷特小姐只是歎氣，同時以保護的姿態抱住她，向她道晚安，讓露西如墜五里霧中。當她進入自己房間打開窗戶，呼吸著夜晚的清新空氣，想到多虧那個好心的老人，她才能看見亞諾河的粼粼波光，看見聖米尼亞托聖殿周圍的柏樹，看見亞平寧山山麓在緩緩上升的月光下一片漆黑。

巴特雷特小姐將房中的百葉窗緊緊關閉，門也上鎖之後，巡視房間一圈，看看櫥櫃通往何處，看看地板下面有沒有密室或者其他祕密入口。巡視之際，她看見臉盆架上方釘了一張紙，上頭畫著一個大問號，如此而已。

「這是什麼意思？」她尋思，並藉著燭光細細檢視。一開始毫無意義的問號，漸漸變得帶有威脅、令人生厭，彷彿不祥的凶兆。她忽然有一股衝動想把紙撕毀，但幸好及時想起自己無權這麼做，因為這想必是小愛默生先生的東西。於是她小心翼翼取下紙張，夾在兩張吸墨紙中間以保持乾淨，接著繼續將房間檢查完畢後，習慣性地大大歎一口氣，才上床睡覺。

第二章

未帶旅遊手冊上聖十字教堂

在佛羅倫斯醒來的感覺真美好，睜開眼看見的是一個明亮樸實的房間，紅磚地面看起來乾乾淨淨（其實不然），彩繪天花板上，粉紅色獅鷲獸與藍色小天使在無數黃色小提琴與低音管間嬉戲。還有用力推開窗時，因爲不熟悉窗栓而夾到手指；將身子探到陽光底下，眼前看見美麗的山巒樹木與大理石教堂，耳邊聽到下方不遠處，亞諾河水嘩嘩拍打著堤道，這一切也很美好。

河對岸的水邊沙地上，有人拿著鏟子與篩子在幹活，河面上有一艘船，船上的人也十分忙碌，只是看不出在忙些什麼。一輛電車從窗下疾馳而過，車廂內只有一名乘客，但平台上卻擠滿了喜歡站立的義大利人。一些小孩企圖吊在車尾，駕駛便往他們臉上吐口水，只是爲了趕他們走，並無惡意。接著士兵出現了，個個身材不高但十分帥氣，背包上蓋著一塊髒兮兮的毛皮，身上穿著略顯寬大的厚大衣。軍官走在隊伍旁邊，看起來愚蠢粗暴，隊伍前面則有一群小男孩，正在配合著軍樂隊的節奏翻筋斗。電車被隊伍包夾而行進困難，好像一隻毛毛蟲掉進螞蟻群中。這時有個小男孩跌倒，又從拱道口衝出幾頭白色小公牛，說真的，要不是有個賣鈕扣輔助器的老人出面排解，這條路恐怕永遠無法暢通。

許多寶貴時光可能就在這些瑣事中悄悄流逝，有些旅人特地來義大利研究喬托[1]畫作的可觸感或教廷的腐敗內幕，回去後卻只記得這裡的藍天，與生活在藍天下的男男女女。因此巴特雷特小姐做得對，她敲門進來以後，先是數落露西不該沒鎖房門、不該衣衫不整就把身子探出窗外，接著催她動作快一點，否則一天最好的時光就過去了。等露西準備好時，表姐已吃完早餐，正在掉滿麵包屑的桌邊聽那位聰明女士說話。

接下來的談話內容倒不陌生。最後，巴特雷特小姐覺得有些疲累，認爲早上還是待在旅館裡好好休息，還是露西想要出去呢？露西的確想要出去，這可是她在佛羅倫斯的第一天，不過她當然可以一個人出門。巴特雷特小姐不答應，不管露西到哪裡，她當然都要陪著。這樣不行，露西還是跟表姐留下來吧。不！絕對不能這樣！好啦，就這樣吧！

正當兩人爭執不下，聰明女士插嘴了。

「如果妳是擔心旁人的眼光，我可以保證，這點妳大可放心。霍尼徹奇小姐是英國人，再安全不過了。義大利人會了解的。我的一位好友巴隆伽利伯爵夫人有兩個女兒，當女傭無法送她們去上學，她就叫她們戴上水手帽。結果所有人都以爲她們是英國人，尤其如果把頭髮緊緊綁在腦後就更像了。」

巴隆伽利伯爵夫人的女兒安全無虞，卻說服不了巴特雷特小姐。她還是決定親自陪露西，因爲頭痛不太嚴重。這時聰明女士說她打算去聖十字教堂逛一整個上午，假如露西願意一起去，她會很開心。

「霍尼徹奇小姐，我要帶妳走一條骯髒但很有意思的小路，若是承蒙妳帶來好運，說不定還會有些冒險奇遇。」

露西說這樣就太好了，並立刻翻開旅遊手冊，看看聖十字教堂在哪裡。

「嘖嘖！露西小姐，但願妳很快就能不再依賴這本手冊。那本書裡提到的都只是表面，至於真正的義大利，作者恐怕連作夢都想像不到。真正的義大利只能靠耐心的觀察去發現。」

這聽起來太有趣了，露西於是匆匆吃完早餐，興高采烈跟著新友人啟程出發。義大利終於現身！那個倫敦來的房東太太和她的傑作，已經如噩夢般消失。

賴維許小姐（就是這位聰明女士）往右轉，沿著陽光普照的濱河路而行。多麼暖和舒適！不過從巷子吹來一陣風，冷得刺骨，對吧？恩寵橋，尤其有趣的是但丁曾經提起過。聖米尼亞托聖殿，美麗而有趣；殺人兇手親吻過的十字架像，霍尼徹奇小姐會記得這個故事。河上的人在釣魚（事實並非如此，但其實大部分訊息都不正確）。隨後賴維許小姐快步走進白色小公牛衝出來的拱道，卻忽然停下來驚呼：「這個味道！是道地佛羅倫斯的味道！我告訴妳，每個城市都有屬於它自己的味道。」

「那味道好聞嗎？」露西問道。她遺傳了母親的潔癖。

「我們來到義大利不是爲了舒適感，」賴維許小姐反駁道：「而是爲了體驗生活。Buon giorno! Buon giorno!（日安）」她邊說邊往左右兩旁點頭招呼。「妳瞧，那輛運酒車多可愛！車夫直盯著我們看呢，親愛的，好個單純的人！」

賴維許小姐就這樣穿梭於佛羅倫斯的街道巷弄，嬌小身影有如一刻也停不下來的頑皮小貓，只是少了貓的優雅。對露西而言，能與這麼聰明爽朗的人同行真是一大樂事，加上她披著一件義大利

1 喬托・迪・邦多納（Giotto di Bondone，約1267-1337年）：義大利畫家、建築師，開創西方藝術史自然寫實的畫風，被譽為「歐洲繪畫之父」。

軍官穿的那種藍色軍人斗篷，更增添歡樂氣氛。

「Buon giorno! 露西小姐，聽我老太婆的話準沒錯，對地位低下的人展現一點禮儀風度，絕對沒有害處。**那**才是真正的民主。不過我也是道地的激進分子呢，喏，把妳給嚇著了吧。」

「才沒有！」露西高聲說：「我們家也是激進派，如假包換。要不是格拉斯頓先生宣布了那麼可怕的愛爾蘭政策，我父親向來都很支持他。」

「我明白了，所以現在你們已經倒戈。」

「請別這麼說……！如果父親還在世，我相信他會再次支持激進派，因爲現在愛爾蘭已經沒問題了。其實在上次選舉時，我們前門上方的玻璃被人打破，佛萊迪說一定是托利黨[2]人做的，但母親說他胡扯，她認爲是流浪漢做的。」

「豈有此理！你們那裡是工業區吧？」

「不是，是在索立郡山區。離多爾金大約八公里左右，可以眺望威爾德地區。」

賴維許小姐似乎感興趣了，於是放慢腳步。

「那一帶我很熟，那是個美不勝收的地方，人也好得不得了。妳認識哈利．奧特威爵士嗎？沒有人比他更激進了。」

「我們很熟！」

「還有那個經常幫助窮人的巴特沃斯老太太呢？」

「噢，她還跟我們家租地呢！這也太巧了吧！」

賴維許小姐抬頭看著建物間狹長的天空，喃喃說道：「原來你們是索立郡的地主啊？」

「也稱不上地主。」露西很怕被當成勢利的人，連忙解釋：「土地只有十二公頃大，就是一座園子，全是下坡地，還有一些田地。」

賴維許小姐並無嫌惡之意，她說她姑媽在薩福克郡的地產也差不多這麼大。義大利暫時隱退。她們努力地回想，前幾年有一位露易莎夫人在夏日街附近買了一棟房子，奇怪的是她並不喜歡那棟房子，這位夫人究竟姓什麼來著？就在賴維許小姐想起來的時候，卻忽然中斷話題大喊一聲：

「天哪！這下可糟了！我們迷路了。」

聖十字教堂的鐘樓從旅館樓梯平台的窗口就能清楚看見，現在還沒走到教堂，好像真的太久了。是賴維許小姐口口聲聲說她對佛羅倫斯瞭若指掌，露西才會放心地跟著她走的。

「迷路了！迷路了！親愛的露西小姐，剛才我們光顧著批評政治，結果轉錯了彎。那些討厭的保守派人士還不知道會怎麼揶揄我們呢！現在怎麼辦？兩個落單的女人置身陌生城市，果然應驗了**我**說的冒險了。」

露西還是想去看聖十字教堂，便提議向人問路。

「唉，那是膽小鬼說的話！咦，不行，妳**不許**看旅遊手冊。把書給我，不能放在妳那邊。我們就隨遇而安吧！」

於是她們信步走過一條又一條灰褐色街道，佛羅倫斯東區多的是這樣的街道，既不寬敞又不好看。露西很快便不再在意對房子不滿意的露易莎夫人，而是自己感到不滿了起來。倏地，在令人心蕩神馳的剎那間，義大利出現了。她站在聖母領報廣場上，看著栩栩如生的赤陶浮雕呈現一個個聖潔的小嬰兒，無論這些複製品再廉價，依然能保持原有的光輝。他們站在那裡，身上緊緊裹著捐贈的舊衣，光亮的四肢掙脫出來，向象徵天堂的小圓圈中伸出強壯白皙的手臂。露西從未見過比這更

---

2 托利黨（Tory Party）：十七至十九世紀英國政黨，英國保守黨的前身。

美的景象，但賴維許小姐發出一聲驚慌尖叫，便拖著她往前走，說她們至少已經偏離了一哩路。

歐陸早餐開始（或者應該說停止）發揮效力的時刻快到了，於是兩人在一間小店買了一點熱栗子泥，因爲它看起來就是很道地的義大利食物。吃起來有包裝紙的味道，也有點像髮油，還有一種完全說不出的味道。總之，吃完又有力氣了，她們漫步來到另一座滿是沙塵的大廣場，廣場另一頭矗立著一棟正面是黑色與白色、奇醜無比的建築。賴維許小姐以誇大的語氣對著建築說：這就是聖十字教堂。冒險結束。

「等一下，讓那兩個人先走，不然還得跟他們說話。我最恨客套應酬了。真討厭！他們也要進教堂。唉，這些海外的英國人！」

「昨晚吃晚餐時，他們坐在我們對面。他們還把房間讓給我們，真是大好人。」

「妳看他們那個樣子！」賴維許小姐笑著說：「活像兩頭牛走在我的義大利領土上。也許是我太壞了，但我真想在多佛出考題，凡是考不過的旅客就不許出國。」

「妳想出什麼題目？」

賴維許小姐神情愉快地將手搭在露西的胳臂上，彷彿暗示：無論如何她都會考滿分的。她們就抱著這種得意的心情來到大教堂的台階，正要進去時，賴維許小姐突然止步尖叫一聲，高舉起雙臂喊道：

「我看到我的地方色彩顏料盒了！我得去跟他說兩句！」

不一會兒，她已經走上廣場，軍人斗篷在風中翻飛，她始終沒有放慢腳步，直到追上一個白鬍子老先生，然後開玩笑地捏一下他的手臂。

露西等了將近十分鐘，開始覺得累了。乞丐不停來糾纏，風沙吹進了眼睛，又想到年輕女孩不該在公共場所遊蕩。因此她緩緩步下階梯走進廣場，打算去找賴維許小姐，這個人實在太古怪了。

但就在這時候，賴維許小姐和她的地方色彩顏料盒也開始移動，他們在比手畫腳之際消失於一條小巷內。

露西的眼中湧出氣憤的淚水，一半是因爲賴維許小姐棄她不顧，一半則是她把旅遊手冊帶走了。她該怎麼找路回去？又要從何參觀聖十字教堂？她的第一天上午毀了，而她也許再也不會到佛羅倫斯來。幾分鐘前她還那麼興致高昂，談吐間彷彿極具文化修養，也半是相信自己充滿獨特想法，此刻卻沮喪屈辱地走進教堂，連這座教堂當初是方濟會或道明會所建造的都想不起來。

當然，這肯定是一棟了不起的建築，但怎麼這麼像穀倉！又怎麼這麼冷！當然，教堂裡有喬托的壁畫，她可以藉由他作畫的可觸感，感受到畫中真意。但誰來告訴她哪些是喬托的畫呢？她輕蔑地走來走去，不願對那些不確定作者或日期的作品表現出熱中的態度。甚至也沒有人能告訴她，那些鋪在中殿與袖廊的墓石，哪一塊才真正最美，讓藝術評論家羅斯金讚譽有加？

但慢慢地，義大利的致命吸引力起了作用，她不再想著取得這些訊息，反而開始自得其樂起來。她絞盡腦汁想通了幾張義大利文告示的內容：一張是禁止帶狗進入教堂，一張是懇請民眾爲了健康著想，也爲了表示對他們所在聖堂的尊重，不要隨意吐痰。她觀察著遊客，只見他們的鼻子和手上的旅遊手冊封面一樣紅，聖十字教堂實在太冷。她看見兩男一女的三個小天主教徒遭遇悲慘命運，他們先是互相澆淋聖水，然後朝馬基維利[3]紀念碑走去，身上滴著水，卻一副神聖不可侵犯的模樣。他們慢慢前進，經過漫長的路途後，先後用手指、手帕與頭去碰觸碑石，然後退下。他們一

3 馬基維利（Niccolò di Bernardo dei Machiavelli，1469-1527年）：文藝復興時代的義大利哲學家、政治學家，被譽為「近代政治學之父」，著有《君王論》等。

半圓壁畫，但仍可聽見隔壁的解說再度被打斷，先是老先生焦慮急切的聲音，接著是對方簡短不悅地回答。總把每件小小意外當成悲劇看待的兒子，也正側耳傾聽。

「幾乎每個碰到我父親的人，反應都是這樣。」喬治告訴露西：「他總會盡量表現善意。」

「希望大家都像他一樣。」她緊張地微微一笑。

「因爲我們認爲這麼做能讓性格變好一點。但是，他對人好是因爲喜愛他們，結果人們發現之後不是生氣就是害怕。」

「真是太傻了！」露西雖這麼說，內心卻有同感。「我覺得善意的行爲做得圓滑些……」

「圓滑！」

他猛然揚起頭，臉上帶著輕蔑。她顯然答錯了。她看著這個奇特的人在禮拜堂裡來回踱步。就年輕人而言，他的長相過於粗獷甚至嚴酷，可是在陰暗處時有了陰影籠罩，立刻顯得柔和起來。她在羅馬看過他，在西斯汀禮拜堂的天花板上，手裡抱著一堆橡子。他雖然外表健康強壯，卻給露西一種陰鬱的感覺，宛如一齣只有在夜晚才能找到解答的悲劇。這種感覺很快就消失了，她本就不是心思如此細膩的人，那只是安靜中莫名產生的一股情緒。當愛默生先生回來，一切就過去了，她又能重回那個嘰嘰喳喳的，也是她唯一熟悉的世界。

「他們不理你嗎？」兒子口氣平靜地問。

「我們不知道掃了多少人的興。他們不會回來了。」

「……天生就非常有同情心……很快就能發現別人身上的優點……抱著博愛情懷……」關於聖方濟的講解，斷斷續續從隔牆傳過來。

「別讓我們掃了妳的興。」他接著對露西說：「妳看過那些聖人了嗎？」

「看過了，」露西說：「真的很美。您知道羅斯金讚美過的墓碑是哪一塊嗎？」

他不知道，但提議一起來猜一猜。喬治不想離開，倒是讓她鬆了口氣，於是她和老人愉快地在教堂裡逛了起來。這裡雖然像穀倉，卻收集了許多美麗事物。不過也要注意避開乞丐，要小心別撞到忽然從柱子後面冒出來的導遊，還有一位牽著狗的老太太，而且還不時看到某位神父溫文地擠開大批遊客，前去主持彌撒。但愛默生先生對這些興致缺缺。他盯著那位解說員，深信自己把他的解說搞砸了，然後又轉頭，焦慮地看著兒子。

「他爲什麼要看那幅壁畫？我看也沒什麼啊。」他不安地說。

「我喜歡喬托。」她回答道：「他的畫有所謂的可觸感，真的很了不起。可是我更喜歡德拉·羅比亞的嬰兒像。」

「那可不。一個嬰兒抵得過一打聖人。而我這個寶貝値得擁有整個天堂，但在我看來，他卻活在地獄裡。」

露西再次感到不妥。

「在地獄啊。」他又重複一遍：「他很不快樂。」

「天哪！」露西說。

「他這麼一個健康又活生生的人，怎麼會不快樂呢？我還能給他什麼？想想看他是在怎樣的環境中長大的——人常常因爲迷信和無知，以上帝之名互相仇恨，但這一切都離他遠遠的。我原以爲他受到這樣的教養，應該能快樂地長大。」

她不是神學家，但仍覺得眼前這個老人不僅十分荒唐，也非常不虔誠。她也覺得母親恐怕不喜歡見她和這種人交談，夏綠蒂更會強烈反對。

「該拿他怎麼辦呢？」他問道：「他是來義大利度假的，卻一副……那種德性，就像剛才那個小孩，應該出去玩耍才對，卻在墓碑上跌倒摔傷。啊，妳說什麼？」

露西並沒有開口。他忽然又說：

「妳也別想太多，我不是要妳愛上我兒子，只是覺得妳可以試著去了解他。妳們倆年齡相近，如果妳能灑脫一點，我相信妳是個感覺靈敏的人，也許可以幫得了我。他認識的女性友人太少，而妳又有時間。妳會在這裡待上幾個星期吧？不過妳要先放開來。從昨晚的情況研判，妳很容易糊里糊塗，搞不清自己的想法。灑脫一點！把內心深處那些想不明白的事情都掏出來，攤在陽光底下，好好去體會其中的意義。如果妳能了解喬治，也許就能學會了解自己，這樣對你們倆都好。」

聽完這一大段驚人之語，露西無言以對。

「我只知道他是怎麼回事，卻不知道爲什麼會這樣。」

「他怎麼了？」露西憂心地問，以爲會聽到什麼悲慘故事。

「老問題，看事情不順眼。」

「什麼事情？」

「宇宙間的事。其實也沒錯，它們就是讓人看不順眼。」

「愛默生先生，您到底想說什麼？」

他在一開頭引述了詩句，但因爲語氣和平常說話一樣，她幾乎沒察覺：

「來自遠方，來自晨昏

與天上十二方位的風，

合成我的生命物質

吹拂而來，造就了我。

「這點我和喬治都知道，但他爲什麼沮喪？我們知道自己來自四面八方的風，也將回歸於風；我們知道所有的生命可能都只是無限平順中的一個結、一團糾纏、一個汙點。但何必因爲這樣而不快樂？我們倒不如相親相愛，認真工作、盡情歡樂。我不認爲像他這樣杞人憂天有什麼好處。」

霍尼徹奇小姐表示同意。

「那麼就讓我的孩子跟我們有同樣想法吧。讓他了解在永遠存在的『爲什麼』旁邊，還有一個『這就對了』，也許很短暫，但就是『對了』。」

她忽然忍俊不住；這時當然應該笑了。一個年輕人之所以憂鬱，是因爲看宇宙不順眼，因爲生命是一團糾結或一陣風，或者是一個「這就對了」之類的！

「真是抱歉，」她大喊一聲：「您一定覺得我很無情，可是……可是……」接著她的態度轉爲穩重：「其實令郎需要找點事做，他沒有特別的嗜好嗎？像我也有自己的煩惱，但通常一彈琴就忘了煩惱，而集郵對我弟弟也有莫大好處。或許令郎厭倦了義大利，你們應該去阿爾卑斯山或湖區走走。」

老人露出悲傷神色，用手輕輕碰了她一下。她並未驚慌，只覺得他是聽了她的建議而受到感動，因此向她表達謝意。事實上，他已完全不再令她驚慌，她當他是個親切但也傻氣十足的人。一個小時前，尚未丟失旅遊手冊時，她的內心充滿美的感覺，而現在則充斥心靈層面的感受。那個寶貝兒子喬治正越過墓碑，大步朝他們走來，看起來既可憐又可笑。他走過來，臉上覆著陰影，說道：「巴特雷特小姐來了。」

「我的老天啊！」露西瞬間崩潰，看待生命又有了新的角度：「在哪裡？在哪裡？」

「在中殿。」

「我知道了。一定是那兩個多嘴的小老太太艾倫姐妹……」她隨即住嘴。

「可憐的丫頭！」愛默生先生忽然迸出這句話：「可憐的丫頭！」

這句話讓她過不去，因爲她自己正有這種感覺。

「可憐？我不明白您這麼說是什麼意思。我覺得自己非常幸運，是真的。我快樂得不得了，也玩得很開心。請不要浪費時間爲**我**難過。就算不刻意去製造，這世上的苦難也夠多了，不是嗎？告辭了，非常感謝兩位好心幫忙。喔，是啊！果然是我表姐。今天早上過得太愉快了！聖十字教堂真是一座絕妙的教堂。」

她隨即去和表姐會合。

第三章
音樂、紫羅蘭與字母S

說也奇怪，老覺得日常生活一片亂糟糟的露西，一旦打開鋼琴蓋，就會進入一個更加穩固的世界。這時的她不再百依百順或高高在上，也不再是反抗者或奴隸。音樂的世界與人世不同，它會接受那些無法受禮教、知識與文化薰陶的人。平凡的人一旦開始彈琴，便能輕易飛上最高的天空，而我們只能抬頭仰望，不敢相信他是如何逃離塵世，並心想他若能以人類的語言詮釋所看見的幻象，以人類的行爲詮釋他的經歷，該有多麼令人崇拜與喜愛。也許他做不到；他確實沒有這麼做，或是鮮少這麼做。像露西就從未做過。

她不是個才華出眾的演奏者，她彈的急奏完全不像大珠小珠落玉盤，彈奏的音符既不正確也不符合她的年齡與身分。她也不是那種滿腔熱情的年輕女子，會在夏日裡開著窗，彈出充滿悲劇性的琴音。要說熱情，倒不是沒有，只是不容易說明白；這種感覺遊走在愛恨、忌妒與所有詩畫般的擺設之間。至於悲劇性，則只存在於她的優越，因爲她喜歡彈奏勝利的樂曲。哪方面的勝利？對哪些人事物的勝利？這就不是凡間俗語能告訴我們的事了。無可否認，貝多芬有幾首奏鳴曲寫得悲悽，但隨著演奏者不同，也能有勝利或絕望的不同表現，而露西認爲應該展現勝利的氛圍。

一個溼答答的午後，讓她能夠在貝托里尼旅館裡做她真心喜愛的事，午餐過後，她掀開蓋著罩布的小鋼琴。有幾個人逗留在一旁，讚美她彈得好，但見她沒有反應，便各自回房裡寫日記或睡覺了。她沒注意到愛默生先生正在找兒子，沒注意到巴特雷特小姐正在找賴維許小姐，也沒注意到賴維許小姐正在找她的菸盒。她一如真正的演奏家，光是聽著樂音便陶醉其中，音符就像手指輕撫著她的手指，不只透過聲音，她也透過觸感滿足了自己的欲望。

畢比先生低調地坐在凸窗前，思索著霍尼徹奇小姐身上這矛盾的特質，並回想起自己當初在坦橋井第一次發現時的情形。那是一個上層階級娛樂下層階級的場合。現場坐滿了恭敬有禮的觀眾，教區內的淑女紳士們則配合著教區牧師，或是唱歌、吟誦，或是模仿拔香檳瓶塞的動作。事先安排的節目中包括「霍尼徹奇小姐，鋼琴演奏，貝多芬」，畢比先生原本心想，不知道會是《阿德萊德》或《雅典廢墟》的進行曲，結果一聽到作品111號開頭幾個小節，立刻亂了分寸。聽著整段序奏時，他的心裡都七上八下，因爲直到節奏加快後，他才明白演奏者的意圖。從第一主題的隆隆低音，他得知這場演奏將非比尋常，而在預告著尾聲的和弦中，他聽到勝利的重擊。令他慶幸的是霍尼徹奇小姐只彈了第一樂章，否則他恐怕無法專心聆聽9／16拍那曲折複雜的旋律。觀眾紛紛鼓掌，還是同樣恭敬有禮。畢比先生於是帶頭頓足叫好，他能做的也就這麼多了。

「她是誰？」他事後詢問教區牧師。

「我們教區一位教友的表妹。我覺得她選的曲目並不恰當。貝多芬的感染力通常都很簡單而直接，挑這樣的曲子實在太違反常理，甚至可能擾亂人心。」

「替我引見一下吧。」

「她會很高興。她和巴特雷特小姐對你的布道可是讚不絕口。」

「我的布道？」畢比先生失聲驚呼：「她怎麼會來聽我布道？」

當牧師爲他引介時，他便明白爲什麼了。因爲霍尼徹奇小姐一離開琴凳也不過只是個少女，有一頭濃密的深色頭髮，和一張非常漂亮、蒼白且稚氣未脫的臉蛋。她喜歡聽音樂會，喜歡借住表姐家，喜歡冰咖啡和蛋白甜餅。她說她也很喜歡聽他布道，而他毫不懷疑。但是在離開坦橋井之前，他對教區牧師說過一句話，而此時當露西闔上小鋼琴琴蓋，神情恍惚地朝他走來，他也對她說了同樣的話。

「如果霍尼徹奇小姐的生活態度也和她彈鋼琴時一樣，就太令人興奮了，不管是對我們還是對她自己來說。」

露西立刻重返現實生活。

「哇，真是太巧了！有人跟我母親說過一模一樣的話，母親說她認爲我絕不應該過二重奏的生活。」

「霍尼徹奇太太不喜歡音樂嗎？」

「她不介意音樂，只是認爲做什麼事都不能太狂熱，她就覺得我對音樂的態度很荒唐。她覺得……我也說不上來。您知道嗎？有一次我說比起其他人，我更喜歡自己的演奏。她卻一直耿耿於懷。我當然不是覺得自己彈得很好，我的意思只是……」

「那是當然。」他應道，不明白她何必費心解釋。

「音樂……」露西似乎試圖找出一個通則，但沒能把話說完，而是出神地望著雨中的義大利。南方的生活完全變得亂糟糟，歐洲最優雅的國家變成一塊塊形體模糊的衣物，街道與河流是一片骯髒的黃色，橋梁是骯髒的灰色，山丘則是骯髒的紫色。賴維許小姐和巴特雷特小姐就隱藏在那片地形的某處皺褶中，她們選擇當天下午去參觀加洛塔。

「妳說音樂怎麼樣？」畢比先生問。

「可憐的夏綠蒂會淋成落湯雞。」露西卻如此答覆。

巴特雷特小姐出遊時總是這樣，回來時又冷、又累、又餓，還一副純真的模樣，衣裙毀了，旅遊手冊溼溼軟軟，喉嚨也不時發癢、想咳嗽。但有時候，當全世界都在歡唱，空氣像甜酒一樣灌進嘴裡，她卻又待在客廳不肯動，說自己老了，不適合陪活力充沛的女孩出遊。

「賴維許小姐不該慫恿妳表姐的。她八成是想看看義大利在雨天的真實面貌。」

「賴維許小姐真是奇人。」露西喃喃地說。這已經是老話一句，也是貝托里尼旅館眾房客所下過最高明的定義。賴維許小姐真是奇人。畢比先生有些不以爲然，但很可能會被歸咎於神職人員見識狹隘。因爲這一點和其他原因，他始終保持緘默。

「聽說賴維許小姐在寫書，是真的嗎？」露西用肅然起敬的口氣接著說。

「他們是這麼說的。」

「是哪方面的書？」

「是關於現代義大利的小說。」畢比先生回答道：「我建議妳去問凱瑟琳．艾倫小姐，我從未見過遣詞用字像她這麼巧妙的人。」

「要是能聽賴維許小姐親口說就好了。我們一開始就很投緣。但我還是覺得那天早上在聖十字教堂，她不該拿著旅遊手冊跑掉。夏綠蒂發現我落單後氣得不得了，所以我忍不住也有點生賴維許小姐的氣。」

「不管怎麼說，那兩位小姐已經和好了。」

巴特雷特小姐和賴維許小姐兩人個性南轅北轍，卻忽然成了朋友，讓他感到很有趣。她們倆總是形影不離，露西反倒成了被冷落的第三者。他自認爲還算了解賴維許小姐，但巴特雷特小姐卻可能展現出深不可測的怪異，雖然她或許沒有深不可測的意圖。當初在坦橋井，他認定她是個一絲不苟的伴護人，難道義大利讓她偏離了正軌？他向來喜歡觀察和研究未婚女子，這是他的專長，而他的職業也正好爲他大開方便之門。像露西這樣的女孩外表迷人，但基於令人費解的理由，畢比先生對待異性的態度總有幾分冷淡，寧可只對她們感興趣而不著迷。

露西又說「可憐的夏綠蒂會淋成落湯雞」，她已經說三次了。亞諾河水暴漲，前灘上小貨車的車轍全被沖得無影無蹤。不過西南方出現一片朦朧的黃色霧靄，表示天氣如果沒有再變差，那就是要轉好了。她打開窗想探探情況，一陣冷風吹進來，凱瑟琳．艾倫小姐剛好在這時候進門，不由得哀叫一聲。

「哎呀，親愛的霍尼徹奇小姐，妳會著涼的！還有畢比先生也是。誰能想到這裡是義大利？我姐姐都抱起熱水瓶了。這兒沒有舒適的設備，也沒有像樣的食物。」

凱瑟琳．艾倫小姐怯怯地走向他們後坐下來，每當走進某間廳室，倘若裡面只有一名男性或是一男一女，她總會顯得不自在。

「霍尼徹奇小姐，雖然我在房裡關著房門，還是能聽到妳優美的琴聲。房門要關著，這是絕對必要的。這個國家的人一點隱私觀念都沒有，這種習性會互相傳染。」

露西得體地回應。畢比先生則是不便對女士們講述自己在摩德納的奇遇，當時他在洗澡，有個整理房間的女侍闖了進來，卻笑嘻嘻地喊道：「Fa niente, sono vecchia.（別在意，我都一把年紀了）」因此他只說：「艾倫小姐，我完全同意妳的看法。義大利人真是惹人厭，他們到處窺探，什麼都看，我們自己都還不知道自己想要什麼，他們就已經知道了。我們完全在他們的掌握當中。他們能看透我們的心思，預知我們的想望。下從出租馬車車夫，上至……上至喬托，全都把我們摸得一清二楚，我恨透了。可是他們的內心深處……多膚淺啊！根本沒有精神生活的概念。貝托里尼太太說得對極了，前幾天她激動地跟我說：『噢，畢比先生，您都不知道我為孩子的教育傷透了腦筋！我絕對不能讓無知的義大利佬來教我的小薇朵莉，他們根本什麼也解釋不清！』」

他故意學房東太太的倫敦腔，艾倫小姐沒完全聽懂，但猜想他是用一種無傷大雅的方式揶揄她。她姐姐對畢比先生有些失望，原本還期望這位留著落腮鬍的光頭牧師能有好一點的表現呢。老實說，有誰會認爲那個好鬥的外觀底下，蘊含著寬容、同情心與幽默感呢？

舒服坐著的艾倫小姐仍繼續側著身，最後謎底終於揭曉。只見她從椅子底下拉出一只青銅色菸盒，上面用小顆的綠松石綴了兩個英文字母縮寫E.L.。

「那是賴維許小姐的。」牧師說：「賴維許是個好人，但真希望她能改抽菸斗。」

「噢，畢比先生。」艾倫小姐既驚愕又開懷地說：「老實說，抽菸雖然討厭，卻也沒有您說的那麼可怕。她是因爲上石坍方毀了她的畢生心血，絕望之餘才開始抽菸的。這當然情有可原。」

「怎麼回事？」露西問道。

畢比先生自顧自地往後靠到椅背上，艾倫小姐開始娓娓道來：

「是一本小說，但據我所知，恐怕不是什麼出色的小說。人不懂得善加利用自己的才華實在可惜，但我不得不說，大家幾乎都是這樣。總之，她把就快寫完的小說放在阿瑪菲的卡普契尼飯店那耶穌受難像石洞裡，暫時離開去買墨水。她說：『請給我一點墨水，謝謝。』但妳也知道義大利人的德性，就在這段時間，石洞轟然崩塌在海灘上，最悲慘的是她想不起自己寫了什麼。可憐的她在事後一直無法平復傷痛，才會禁不住誘惑而開始抽菸。這可是天大的祕密，但我很樂意告訴妳，她又開始寫小說了。前兩天，她告訴泰瑞莎和波爾小姐，說她早已蒐集到所有的地方色彩，可是沒有靈感，寫不出來。這部小說是關於現代的義大利，原先那本是歷史小說。所以她先去了珀魯加尋找靈感，接著就來到這裡，這事千萬不能告訴別人。經歷了這一切，她還是那麼開朗！我不禁覺得每個人都有値得讚賞之處，哪怕你並不認同他們。」

艾倫小姐總是這樣，儘管心中不以爲然，還是會盡量說好話。她不連貫的言談中染上淡淡的憐憫之情，呈現出意外的美，就像秋天的枯林偶爾會散發出一種氣息，讓人聯想到春天。她感覺到自己似乎對她體諒過頭了，連忙道起歉來。

「但話說回來，她還是有點太……我真不想說不夠端莊，不過當愛默生父子來了以後，她的舉止就變得很奇怪。」

畢比先生見艾倫小姐忽然提起另一件趣事，不由莞爾一笑，因爲他知道有男士在場，她一定無法完整敘述。

「霍尼徹奇小姐，不知道妳有沒有注意到，波爾小姐，就是很多黃頭髮那位，她很喜歡喝檸檬汁。那個老愛默生先生說話真的很奇怪……」

她張著嘴，沒有出聲。於是社會經歷豐富無比的畢比先生走出去要一點茶喝，她才得以繼續和露西說悄悄話。她匆匆說道：

「胃呀，他警告波爾小姐要小心她的胃，他說檸檬汁是酸液。他可能是出於好意，但我忍不住笑了出來，這真的太突然了。泰瑞莎說得沒錯，這不是好笑的事，但沒想到他提到『S』（胃，Stomach的縮寫）以後，賴維許小姐深受**吸引**，說她喜歡這種直白說法，也喜歡接觸不同階級的思想。她認爲他們是旅行推銷員（她用的字眼是『跑街的』），然後整頓飯下來，一直試圖要證明英國，也就是我們親愛的偉大祖國，完全是以商立國。泰瑞莎非常生氣，還沒吃乾酪便起身離席，說道：『賴維許小姐，他比我更能反駁妳說的話。』同時手指向丁尼生爵士[1]的美麗畫像。賴維許小姐接著說：『嘖！那些維多利亞初期的老人。』妳聽聽看！『嘖！那些維多利亞初期的老人。』我

1 阿佛烈·丁尼生，第一代丁尼生男爵（Alfred Tennyson, 1st Baron Tennyson，1809-1892年）：英國十九世紀著名詩人，於一八五〇年獲得桂冠詩人的稱號。

姐姐已經走了，因此我不得不出點聲，便說：『賴維許小姐，我就是維多利亞初期的老人，也就是說，至少我不想聽到有人批評我們敬愛的女王。』說那種話太可怕了。我提醒她，當初女王並不想去愛爾蘭但還是去了，她大概是驚呆了，沒有再回話。但很不巧地，愛默生先生聽到了這段話，便用低沉的嗓音大聲說：『說得對！說得對！那個女人去了愛爾蘭，讓我十分敬佩。』竟然說『那個女人』！我實在講不清楚，但妳應該知道當時的場面有多混亂，一切都只因爲一開始提到的那個『S』。不過事情還沒完。晚餐過後，賴維許小姐居然走過來對我說：『艾倫小姐，我要去吸菸室找那兩個好人聊聊天，妳也來吧。』不用說，我當然拒絕了這麼不恰當的邀請，但她居然無禮地告訴我，去和他們談談能增廣見聞，還說她有四個兄弟，除了一個投身軍伍之外，其他都受過大學教育，他們總會特意去找旅行推銷員談天。」

已經回來的畢比先生說道：「剩下的部分由我來說吧。賴維許小姐試著邀波爾小姐、邀我、邀每個人，最後只好說：『那我就自己去吧。』便進去吸菸室了。五分鐘後，她安靜地拿著一塊綠色粗呢板回來，開始玩起了接龍。

「到底發生什麼事了？」露西驚呼道。

「沒有人知道，永遠不會有人知道的。賴維許小姐絕對說不出口，而愛默生先生則認爲不值一提。」

「畢比先生……老愛默生先生算不算好人？我真的很想知道。」

畢比先生笑著說她應該自己找出答案。

「不，這太困難了。有時他真的很荒唐，不過我也不是那麼在意。艾倫小姐，妳說呢？他是好人嗎？」

小老太太搖搖頭，不以爲然地歎了一口氣。畢比先生覺得這番對話很有意思，於是便用這番話煽動她：

「我以為有了紫羅蘭那件事，妳一定會說他是好人呢，艾倫小姐。」

「紫羅蘭？我的天哪！是誰告訴您紫羅蘭的事？事情是怎麼傳開的？小旅館就是麻煩，大家都愛嚼舌根。不，我忘不了他們在聖十字教堂，伊格先生解說時的所作所為。唉，可憐的霍尼徹奇小姐！真是太遺憾了！但我已經改變心意，我**不**喜歡愛默生父子，他們**不**是好人。」

畢比先生露出事不關己的微笑。他已經略盡棉薄之力，想讓愛默生父子打進貝托里尼房客的圈子，只是他的努力失敗了。事到如今，幾乎只剩下他對愛默生父子仍保持友善。代表知性的賴維許小姐毫不避諱地流露敵意，現在代表好教養的兩位艾倫小姐也加入她的行列。而巴特雷特小姐因為欠他們人情而深感憤慨，更是不可能客氣。但露西不同。她約略向他講述過在聖十字教堂的奇遇，他推測這兩個男人可能事先商量好，企圖以不尋常的方式來吸收她，好讓她從他們的怪異觀點看這個世界，讓她對他們個人的悲喜感興趣。這太不像話了，他可不希望一個年輕女孩支持他們的論調，他寧可他們失敗。說到底，他對他們一無所知，旅館房客的悲喜哀樂都是微不足道的事，然而，露西會是他教區的教友。

露西一面繼續注意著天氣，過了大半晌才說她覺得愛默生父子是好人，倒不是她對他們有什麼新的了解，他們連用餐的位子都換了。

「但他們不老是攔住妳，要妳跟他們出去嗎，親愛的？」小老太太追根究柢地問道。

「只有一次。夏綠蒂不太高興，說了幾句……當然，她是很有禮貌地說。」

「她做得對極了。他們不懂我們的習慣。他們就該去找和他們同層次的人。」

畢比先生覺得他們失敗了。即便他們曾經試圖打動房客們的心，如今也已放棄了，現在父子倆幾乎同樣沉默。他暗忖是不是應該在兩人離開前，為他們籌辦一場愉快的活動，也許可以出去走一走，讓露西在伴護人陪同下對他們展現友好態度。助人留下愉快回憶也是畢比先生的一大樂趣。

他們聊著聊著，夜色逐漸降臨。天空變得清朗，山林樹木被盪滌後色彩鮮明，亞諾河也不再混濁泥濘，開始閃閃發亮。雲間裂出幾條藍綠色隙縫，幾處地面上映照著飽含水氣的光線，聖米尼亞托大殿淌著雨水的正面，在夕陽下光芒閃耀。

「現在出去太晚了，美術館全都關門了。」艾倫小姐像是鬆了口氣似的。

「我還是想出去。」露西說：「我想搭環城電車繞一圈，就站在駕駛旁邊的平台上。」

她的兩位同伴一臉嚴肅。由於巴特雷特小姐不在，畢比先生自覺對她有責任，便鼓起勇氣說：「我也希望我們能一起去，可惜我有信要寫。如果妳真想自己去，最好還是用走的，好嗎？」

「親愛的，那些義大利人，妳也知道的。」艾倫小姐說。

「說不定我能遇見一個徹徹底底了解我的人呢！」

但他們還是一副不贊成的表情，她只好向畢比先生稍微讓步，說她出去走一走就好，也會挑遊客多的街道。

和艾倫小姐站在窗邊看著露西離開時，畢比先生說：「她實在不應該出去的，她自己也知道。只能說她彈太多貝多芬了。」

第四章

第四章

畢比先生說對了。只有透過音樂，露西才能清楚知道自己想要什麼。她其實不太能領悟牧師的機智妙語，和艾倫小姐意有所指的喋喋不休，這樣的談話太沉悶。她想要體驗一點不平凡，而她認爲，站在電車平台上吹著風，就能滿足她的心願。

但她不會這麼做，這樣太不淑女了。爲什麼？爲什麼大部分不平凡的事都很不淑女？夏綠蒂曾經向她解釋過，不是因爲女性不如男性，只是男女有別。女性的天職是激勵男性功成名就，而不是靠自己獲得成就。女性利用機敏聰慧與無瑕的美名，也能間接實現巨大成果。但假如她莽莽撞撞地自己出頭，就會先後受到責難與輕視，最後再也無人理會。有許多詩正是爲了闡述這一點而寫。

這位中世紀女性有許多不朽之處。龍與騎士早已消失，她卻仍徘徊在人間。她統治過許多維多利亞初期的城堡，也是維多利亞初期無數詩歌中讚美的女王。利用閒暇之餘保護她，何其體貼，當她爲家人煮一頓豐盛晚餐，向她道謝也同樣體貼。但誰料得到！這個女人漸漸墮落。她心裡湧現出奇怪的欲望，也迷戀上狂風、遼闊景致與萬頃碧波。她注意到這世界的王國充滿財富、美景、戰爭——光輝燦爛的外殼包裹著中心的火焰，朝蒼穹急旋而去。男人宣稱受到她的激勵而建立此王國，他們快活地在王國地表上行動，與其他男人歡喜相會，快樂不已，不是因爲他們是男性，而是因爲他們活著。在他們散會之前，她很想拋下「不朽的女人」這高貴頭銜，用短暫的生命加入他們。

露西並不擁護這位中世紀女性，她毋寧只是個理想，當露西正經嚴肅時，旁人就會叮囑她向這個理想看齊。她也不是有計畫地想反抗。偶爾有什麼約束特別讓她氣惱，她就故意不照規矩來，之後又可能爲此後悔。這天下午她格外浮躁，真的很想做點什麼違逆那些爲她好的人。既然不能搭電車，她便去了亞里納利書店。

她在那裡買了一張照片，是波提且利[1]畫的〈維納斯的誕生〉。可惜這麼美的一幅畫卻被維納斯破壞了，當初巴特雷特小姐就勸她不要買。（破壞藝術的當然是指裸體。）另外又買了喬久內[2]的〈暴風雨〉、佩薩羅青銅像的小雕像、幾幅西斯汀壁畫和「拭垢者」雕像的照片。這時她的心情較爲平靜了，又買下安基利柯[3]修士的〈聖母加冕〉、喬托的〈聖約翰升天〉、幾張德拉．羅比亞的嬰兒雕像和幾張圭多．雷尼的聖母像照片。由於她興趣廣泛，凡是知名藝術家的作品她都能欣然接受。

但儘管花了將近七里拉，自由之門似乎仍然緊閉。她意識到自己的不滿，這種感覺倒是新鮮。她心想：「這個世界肯定充滿美好的事物，但願我能遇上。」難怪霍尼徹奇太太對音樂頗有微詞，因爲她說音樂總是讓女兒變得愛鬧彆扭、不實際又渾身是刺。

「結果什麼也沒遇上。」她一面這麼想著，一面走進領主廣場，淡然看著那些至今已十分熟悉的奇麗景物。大廣場上罩著陰影，陽光出現得太遲，此時已照不到這兒了。海神雕像在薄暮中有如幻影，半神半鬼，噴泉的水也朦朦朧朧地，噴濺在水池邊上交相雜處的人類與森林之神身上。涼廊就像一個有三道入口的洞窟，裡面有許多神像，幽暗虛幻但永生不死，看著人類來來去去。這是個虛幻的時刻，在這一刻，不熟悉的事物都變得真實。此時此地，年紀較長的人可能會覺得看夠了而心滿意足。但是，露西仍意猶未盡。

她帶著渴望的眼神凝視宮殿的塔樓。它彷彿從陰暗低處拔升而起的粗糙金柱，已不再像塔樓，也不再立基於土地，而像是遙不可及的寶物，在寧靜的天空裡顫顫巍巍。露西被那光芒所催眠，當她將目光轉回地面，起步準備回旅館時，眼前仍有光影跳動。

接著，終於有事情發生了。

涼廊旁有兩個義大利人爲了一筆債務而爭執不休。「五里拉。」他們叫喊著：「五里拉！」他們動起手來，其中一人被輕輕擊中胸口，他皺著眉頭，身體往露西傾倒，眼神透露著關心，好像有什麼重要的話要說。不料才一張嘴，唇間便流出一道鮮紅液體，順著未刮鬍子的下巴流淌而下。

這一幕就此結束。暮色中冒出了一群人，擋在這個怪人和她中間，然後將他抬到噴泉邊。巧合的是，喬治．愛默生先生正好就在幾步外，越過剛才那人所在之處注視著她。好奇怪！彷彿隔著什麼東西似的。露西雖然看見了他，他卻轉趨模糊，連宮殿也開始模糊，在她上方搖晃著，然後慢慢地、慢慢地，悄然無聲地往她身上倒下來，天也跟著塌了。

她心想：「天哪，我怎麼了？」

「天哪，我怎麼了？」她喃喃自語，睜開了眼睛。

喬治．愛默生依然看著她，但他們之間已經不再隔著什麼。她還抱怨生活無趣，結果瞧瞧！一個男人被刺殺，另一個男人將她抱在懷裡。

---

1 山德羅．波提且利（Sandro Botticelli，1445-1510年）：文藝復興時期佛羅倫斯畫派畫家，代表作品有〈三博士朝聖〉、〈維納斯的誕生〉、〈春〉等。

2 喬久內（Giorgio o Zorzi da Castelfranco，1477-1510年）：文藝復興時期威尼斯畫派畫家，代表作品有〈暴風雨〉、〈沉睡的維納斯〉等。

3 安基利柯修士（Fra Angelico，原名Guido di Pietro，1395-1455年）：義大利文藝復興時期佛羅倫斯派畫家。

他們坐在烏菲茲美術館拱廊的階梯上，想必是喬治抱她過來的。他在她說話時站起來，拍拍膝蓋上的塵土。她又問了一次：「我怎麼了？」

「妳昏倒了。」

「我……真是對不起。」

「妳現在覺得怎麼樣？」

「我很好，一點事也沒有。」她點頭微笑。

「那我們回去吧。不必在此逗留。」

他伸手想扶她起身，她假裝沒看見。噴泉那邊（始終未停過）的叫喊聲空洞地回響著，整個世界彷彿變得蒼白，失去了原本的意義。

「你真的幫了好大的忙！否則我可能會摔傷。不過現在沒事了，我可以自己走，謝謝你。」

他仍然伸著手。

「哎呀，我的照片！」她忽然驚叫一聲。

「什麼照片？」

「我在亞里納利書店買了一些攝影圖片，一定是掉在廣場上了。」她小心地看著他說：「你能不能好人做到底，去幫我拿回來？」

他決定好人做到底。等他一轉過身，露西立刻像個狡猾的偏執狂一般起身，偷偷沿著拱廊朝亞諾河走去。

「霍尼徹奇小姐！」

她手摀著胸口停下來。

「好好坐著，妳還沒辦法一個人回去。」

「我可以的，非常謝謝你的關心。」

「不，妳沒辦法，否則妳就不必偷偷摸摸了。」

「但我寧願……」

「那我不要去幫妳撿回照片了。」

「我寧願自己一個人。」

他用命令的口氣說：「那個人死了，八成是死了。所以妳就坐下來，等休息夠了再走。」她感到茫然，只好聽他的話。「我回來以前都別動。」

她看見遠處有人披戴著黑色兜帽，好像在作夢。宮殿塔樓已經失去夕陽餘暉的映照，與土地接合。愛默生先生從陰暗的廣場回來後，她該跟他說些什麼？她再次萌生那個想法：「唉，我是怎麼了？」──她感覺自己和那個奄奄一息的男人，一同跨越了某條心靈界線。

喬治回來了，她聊起殺人命案。說也奇怪，談這個話題很輕鬆。她說到義大利人的性格；五分鐘前才害她昏倒的事件，此時她竟能侃侃而談。她的身子還算強健，很快便克服了對血的恐懼。她沒讓喬治攙扶，自行起身，雖然心裡像是有翅膀在鼓動般忐忑不安，還是踩著十分穩健的步伐走向亞諾河。有個出租車夫向他們招手，他們拒絕了。

「你說那個兇手試圖要親他，還向警察自首！這些義大利人真是古怪透頂！畢比先生說義大利人無所不知，但在我看來，他們幼稚得很。昨天我和表姐去彼提宮……那是什麼？」

他不知往河裡丟了什麼東西。

「你丟了什麼？」

「我不想要的東西。」他沒好氣地說。

「愛默生先生！」

「什麼事？」

「我那些照片呢？」

他沒作聲。

「我想，你丟掉的就是我的照片。」

「我不知道該怎麼處理！」他大喊道，聲音有如焦躁的小男孩。露西第一次對他產生好感。

「上面都是血。好啦！我很高興能把話說出來，我們閒談的這段時間，我一直在想到底該怎麼處理。」他指向下游：「現在它們都被沖走了。」河水在橋下打旋。「我真的很介意，人真傻，本來就應該讓它們流向大海……我也不知道爲什麼這麼做，也許只是因爲害怕。」這時小男孩逐漸蛻變成大人。「因爲發生了很重大的事情，我必須面對，不能慌張失措。這其實不只是死了一個人這麼簡單。」

露西隱約起了戒心，覺得必須打斷他。

「有事情發生了。」他又說了一遍：「我想查出到底是怎麼回事。」

「愛默生先生……」

他蹙起眉頭轉向她，彷彿原本正在作某種抽象的探索，卻被她擾亂了。

「我們進去以前，我想拜託你一件事。」

他們就快到旅館了。她停下來，將手肘靠在河堤的矮牆上。他也這麼做。有時同樣的姿勢具有一種魔力，像是暗示著永恆的情誼。她動了動手肘才接著說：「我剛才出醜了。」

他逕自想著自己的心事。

「我這一生從來沒有這麼丟臉過，真不知道自己是怎麼回事。」

「我也差點昏過去。」他說，她覺得自己的態度讓他不快。

「老實說，我應該向你道一千次歉。」

「好吧。」

「不過，我想說的是，你也知道無聊的人有多愛嚼舌根，女士們恐怕更嚴重，你明白我的意思吧？」露西說。

「不太懂。」

「我是說，請你不要向任何人提起我的愚蠢行爲，好嗎？」

「妳的行爲？哦，好的……好的。」

「太謝謝你了。還要請你……」

露西無法繼續說完她的請求。隨著夜色逐漸降臨，下方奔流的河水幾乎轉爲黑色。他把她的照片丟進水中，還說出原因。她猛然想到，若期望這種人展現騎士精神，無異是緣木求魚。他不會說一些閒言閒語傷害她，他個性可靠、聰明，也很友善，甚至可能對她印象極好。可是他缺乏騎士精神，他的想法一如他的舉止，不會因爲驚奇或畏怯而改變。所以大可不必對他說完「還要請你……」之後，奢望他自行將句子塡滿，並且效法米萊[4]那幅美麗畫作中的遊俠騎士，將目光從她赤裸的身上轉移開。他記得她曾被他抱在懷裡，正如他也記得她在亞里納利書店買的照片沾了血。這不盡然只是死了一個人這麼簡單，活著的人也受到影響：在他們面對的情況中，人的性格表露無遺，童年時光也來到了青春歲月的岔路口。

「總之，非常謝謝你。」她再次道謝：

4 約翰・艾佛雷特・米萊（Sir John Everett Millais, 1st Baronet，1829-1896年）：英國畫家，前拉斐爾畫派創始人之一。

「這些意外發生得好快，然後一轉眼又回到原來的生活了！」

「我沒辦法。」

不安的情緒促使她追問原因。

他的回答卻令人迷惘：「我可能會想活著。」

「可是，愛默生先生，爲什麼？你這是什麼意思？」

「我說我會想活著。」

她將手肘靠在矮牆上，凝視著亞諾河，那隆隆水聲在她聽來宛如某種意想不到的旋律。

第五章

愉快郊遊的諸多可能性

家裡人說得好：「夏綠蒂・巴特雷特永遠讓人捉摸不定。」對於露西這次奇遇她一點也沒生氣，非常通情達理，不僅覺得露西東刪西減的敘述已相當充分，還恰如其分地讚美喬治・愛默生先生挺身相助。她和賴維許小姐也經歷了一場驚險奇遇。她們回城時在關卡被攔下，那幾個年輕官員看起來狂妄無禮又無所事事，竟然企圖搜查她們的手提袋，看看有沒有需要繳稅的食物。這的確很掃興，但幸好賴維許小姐也不是省油的燈。

無論是好是壞，總之露西必須獨自面對她的問題。不管是在廣場上或後來在堤岸邊，都沒有一個朋友看見她。晚餐時，畢比先生的確留意到她受驚的眼神，卻再次對自己說：「彈太多貝多芬了。」他只是猜想她準備進行一次冒險，殊不知她已然經歷過了。這孤立的狀態讓她倍感壓迫，她已經習慣聽到旁人贊同，或甚至反駁她的想法，如今根本不知道自己想的是對是錯，未免太可怕了。

第二天早上用餐時，她果斷地採取行動。她必須在兩項計畫中作選擇。畢比先生要和愛默生父子還有幾位美國女士徒步前往加洛塔，巴特雷特小姐與霍尼徹奇小姐是否願意同行？夏綠蒂婉拒了，因為前一天下午她才冒雨去過。不過她覺得對露西而言倒是好主意。露西一向討厭購物、換錢、領取信件等等瑣碎雜事，而這些正是巴特雷特小姐今天上午要做的事，她就算一個人也能輕鬆完成。

「不，夏綠蒂！」露西真切地大喊：「很謝謝畢比先生的好意，可是我當然要跟妳去了。我真的更想陪妳。」

「那太好了，親愛的。」巴特雷特小姐高興之餘，臉上微泛紅暈，反而讓露西羞愧得漲紅了臉。她對夏綠蒂實在太惡劣，現在和以前都一樣！不過她應該要改變。今天整個上午，她真的會好好對她。

她勾住表姐的手臂，兩人一塊兒沿著濱河路走。這天早上的亞諾河，無論勁道、聲勢或顏色都像頭獅子。巴特雷特小姐堅持要倚著矮牆俯瞰河景，然後說了一句她常說的話：「真希望佛萊迪和妳母親也能看到這些！」

露西躁動不安。真討厭，夏綠蒂竟然剛好就停在昨天她停下的地方。

「妳看，小露西！妳看看往加洛塔去的那些人。我怕妳會後悔作這個選擇。」

這是個嚴肅的選擇，露西並不後悔。昨天就是一團亂，離奇而怪異，難以訴諸筆墨，但她覺得選擇陪夏綠蒂買東西，總好過和喬治·愛默生一起爬上加洛塔頂端。既然解不開這團糾結，就得小心別再捲入其中。因此她可以真心反駁巴特雷特小姐意有所指的話。

然而不幸的是，雖然避開了主角，景物仍在。命運弄人，夏綠蒂竟帶著她從河邊來到領主廣場。換作以前，她絕不相信一些石塊、一道涼廊、一座噴泉、一座宮殿塔樓的意義會如此深遠。剎那間，她明白了鬼魂的本質。

命案發生的地點被占據了，不是鬼魂，而是手上拿著早報的賴維許小姐。她神采奕奕地向她們打招呼。前一天發生的慘劇給她帶來些許靈感，或許可以整理成書。

「那可就恭喜妳了！」巴特雷特小姐說：「昨天妳還那麼絕望呢！真是幸運！」

「啊哈！霍尼徹奇小姐，快過來！我運氣真好。來，妳好好把妳看到的經過，從頭到尾、一五一十地說給我聽。」

露西拿陽傘戳著地面。

「還是妳不太想說？」

「對不起……如果可以不說的話，我寧可不說。」

兩位年紀較長的女士互看一眼，但不是因爲不滿；一個年輕女孩的感受如此強烈也是正常的。

「該道歉的人是我。」賴維許小姐說：「我們這些寫文章的很厚臉皮，老是想刺探每個人心底的祕密。」

她興致高昂地大步走向噴水池，又走回來，實際計算了一下。接著說她從八點就開始在廣場上蒐集資料，有很多都不適合，但當然一定要改寫。那兩個男人爲了一張五法郎的鈔票爭吵。那張五法郎的鈔票應該改以年輕女子取代，這樣不僅可以增添悲劇色彩，還能有精彩絕倫的情節。

「女主角叫什麼名字？」巴特雷特小姐問。

「蓮娜。」賴維許小姐說，而她自己就叫伊蓮娜。

「但願她是好人。」

她會記下這個願望。

「是什麼樣的故事內容？」

愛情、兇殺、誘拐、復仇。陽光下，噴泉的水花飛濺到森林之神身上，所有的劇情也同時鋪展開來。

賴維許小姐說完後又接著說：「希望妳們不介意我這麼嘮叨個不停。但遇上真正有共鳴的人，難免一說就停不下來。當然，這只是粗略的大綱。另外會有許多地方色彩，描述佛羅倫斯和附近地

「您怎麼會覺得她袒護他們？」面對這不愉快的場面，巴特雷特小姐感到狼狽萬分，說不定店員也正在聽。

「要爲他們辯護恐怕很難。因爲在上帝眼裡，幾乎可以說是那個人殺害了妻子。」上帝的加入顯得突兀，但牧師是真的很想證明自己不是亂說。接下來的沉默本該讓她們感受更加深刻，卻反而變得尷尬。於是巴特雷特小姐匆匆付了斜塔的錢，帶頭回到街上。

「我得走了。」他故意視而不見，掏出手錶說道。

巴特雷特小姐先感謝他的幫忙，然後興沖沖地提起乘車郊遊一事。

「郊遊？噢，郊遊的事說定了嗎？」

露西恢復了儀態，而經過一番小小的努力後，伊格先生也再次顯得志得意滿。

他前腳一走，露西立刻叫嚷：「什麼郊遊嘛，真討厭！我們不是本來就跟畢比先生約好了嗎？有什麼大不了的，他何必用那種可笑的態度邀請我們？還不如由我們邀請他，然後各付各的。」

巴特雷特小姐本想爲愛默生父子說幾句惋惜的話，聽她這麼一說，驀地想起一件事。

「如果是這樣，親愛的，如果伊格先生提到的郊遊，就是我們和畢比先生約好的郊遊，這事恐怕就麻煩了。」

「爲什麼？」

「因爲畢比先生也邀了伊蓮娜．賴維許。」

「也就是說需要多一輛馬車。」

「情況嚴重得多了。伊格先生不喜歡伊蓮娜，伊蓮娜也知道。說實話，對伊格先生來說，她太離經叛道了。」

她們此時已進入英國銀行的閱報室。露西站在正中央的桌子旁，也不去管《笨拙畫報》和《畫報》週刊，一心只顧著回答腦中那些亂糟糟的問題，或者至少釐清問題。她熟知的世界已然四分五裂，佛羅倫斯從中冒出，在這個神奇的城市裡，人們的所思所為都瘋狂到極點。有人殺人，有人涉嫌殺人，有女人對一個男人溫柔依戀，卻對另一個男人粗魯無比……難道這些就是她生活中的日常？這座城市的直率之美，除了雙眼所見還有其他樣貌嗎？也許她有一股能喚起激情（無論好壞）並讓激情迅速得到滿足的力量？

幸福的夏綠蒂，她雖然老是為一些小事勞神費心，卻似乎不會注意到重要大事；她能推測出「事情可能如何發展」，而且精準得令人讚賞，可是當目標近在眼前，她似乎又看不見了！此時她蹲在角落，正要從隱密藏在頸間的小袋（很像一種亞麻材質的佩囊）中掏出一張旅行支票。她聽說在義大利，只有像這樣把錢帶在身上才安全，而且一定要進到英國銀行內才能取用。她一邊摸索一邊嘀咕著：「不知道是畢比先生忘了告訴伊格先生，還是伊格先生告訴我們時忘了，又或是他們已經決定乾脆不邀伊蓮娜？應該不會這麼做吧，無論如何我們都要做好準備。他們真正想邀請的人是妳，邀請我只是出於禮貌，所以妳和兩位男士搭一輛車，我和伊蓮娜隨後跟著。我們搭一匹馬拉的車就行了。唉，真是麻煩！」

「可不是。」露西正經地回答，口氣聽起來頗有同感。

「妳怎麼想？」巴特雷特小姐問道，一面扣好衣服的扣子，剛才的一番折騰讓她的臉脹得通紅。

「我不知道我怎麼想，也不知道我想要什麼。」

「天哪，露西！妳該不會厭倦佛羅倫斯了？妳知道的，只要妳開口，我明天就能帶妳到天涯海角。」

「謝謝妳，夏綠蒂！」露西認真思考著這個提議。

郵局有她的信，一封是弟弟寫來的，全是關於運動和生物學的事，另一封是母親寫來的，內容趣事連連，也只有母親有這本事。信上說買了黃色番紅花的種子，卻開出深褐色的花；說新來的女傭用濃縮檸檬汁澆羊齒植物；又說夏日街上愈來愈多雙拼式的小屋破壞了景觀，讓哈利．奧特威爵士很難過。她想起在家時自由自在的安逸生活，想做什麼就做什麼，也從未遭遇任何風浪。穿越松林而上的道路、窗明几淨的客廳、眺望索塞克斯郡威爾德地區的景致……這一幕幕出現在她眼前，鮮明清晰，卻令人感傷，就像一個走過千山萬水的旅人回到畫廊所看到的圖畫。

「有什麼消息嗎？」巴特雷特小姐問。

「維茲太太和她兒子去羅馬了。」露西說了一個她最不感興趣的消息。「妳認識他們嗎？」

「喔，別走那條路回去。還是從領主廣場吧，這裡怎麼也看不厭。」

「維茲家的人都不錯，很聰明，是聰明絕頂的那種人。妳難道不想去羅馬？」

「我巴不得能去！」

領主廣場上盡是石材石雕，顯現不出耀眼光彩。這裡沒有花草、沒有壁畫，沒有閃閃發亮的大理石牆，也沒有撫慰人心的紅磚牆。說來奇怪——除非我們相信這裡有個專屬的守護神——那些能稍解廣場嚴肅氣氛的雕像，展現的既不是童稚的純真無邪，也不是青春少年的徬徨無措，而是成熟大人努力得到的成就。帕修斯與朱迪絲、海克力士與圖絲尼爾妲，這些神祇若非有過一番作爲便是受過苦難，雖然祂們已是不朽之身，卻也是在歷經艱辛後才得以不朽。不只在幽寂的自然曠野中，在這裡，英雄也可能遇見女神，女英雄也可能遇見男神。

「夏綠蒂！」露西忽然大喊一聲：「我有個主意。我們明天就去羅馬，直接去維茲母子住的飯店，如何？我現在真的知道自己想要什麼了。我已經受夠佛羅倫斯。妳也說妳願意去天涯海角的！好啦！就這麼辦吧！」

巴特雷特小姐也興奮地回答說：
「妳這鬼靈精！請問上山郊遊的事怎麼辦？」
她們一同穿過充滿蕭瑟之美的廣場，一面笑談這個不切實際的提議。

第六章

亞瑟・畢比牧師、卡斯柏・伊格牧師、愛默生先生、喬治・愛默生先生、伊蓮娜・賴維許小姐、夏綠蒂・巴特雷特小姐與露西・霍尼徹奇小姐乘馬車出遊賞景，由義大利人駕車

在這個令人難忘的日子，載他們前往菲耶索萊的車夫名叫法厄同（正巧與要求駕駛太陽馬車的太陽神之子同名），他是個不負責任又急性子的年輕人，一路風風火火地將主人的馬趕上滿布石子的山坡。畢比先生一眼就看透他。不管是信仰的時代或懷疑的時代都與他無涉，他就只是在托斯卡尼駕駛馬車的法厄同。他要求順路去接的人名叫普西芬妮（與遭冥王擄走成為冥界皇后的天神之女同名），他說是他的妹妹。普西芬妮身材高挑苗條，膚色白皙，她趁著春天回母親家，由於尚未適應陽間的光線，還用手遮在眼睛上方。伊格先生反對載她，說這雖然看似小事，卻可能引起嚴重後果，對於這種過分的要求應該小心防範。但女士們出面說情，於是在他們確實明白這是多大的恩情之後，女神終於獲准上車與男神並肩而坐。

法厄同拿韁繩的左手立刻迅速地從她頭上繞過，以便駕車時能摟著她的腰。她也不介意。伊格先生背對馬匹而坐，沒看見這不得體的行為，仍繼續與露西談話。同車的另外兩人是老愛默生先生和賴維許小姐。因為稍早發生了一件糟糕的事：畢比先生沒跟伊格先生商量，就自作主張將出遊人數增加了一倍。雖然巴特雷特小姐與賴維許小姐整個早上都在計畫如何分配位置，但是一到馬車抵達的緊要關頭時她們卻暈頭轉向，於是賴維許小姐跟著露西上車，而巴特雷特小姐則隨同喬治・愛默生和畢比先生坐另一輛車跟在後面。

原本的四人遊演變成這種局面，可憐的牧師實在難以接受。前往文藝復興風住宅吃午茶一事，就算他曾有此打算，如今也不可行了。露西和巴特雷特小姐自有其優雅格調，畢比先生雖然靠不住，卻還算有才能的人。然而，一個不入流的女作家和一個在上帝眼中謀害了妻子的記者，他可不能帶這種人進入獨棟住宅。

露西穿著一身高雅的白衣裙，在這群宛如火藥般的同伴之間正襟危坐，專心聽著伊格先生說話，對待賴維許小姐則是拘謹壓抑，還要小心提防老愛默生先生，幸好他因為午餐吃得太飽，加上春天暖意令人昏昏欲睡，因此一直在打盹。她將這趟郊遊視為天意，否則她便能成功地避開喬治・愛默生了。他以大方的態度顯示希望能與她保持親密互動，她拒絕了，倒不是因為不喜歡他，而是因為她自己弄不清狀況，他卻似乎十分清楚，這點令她害怕。

事情（姑且不論是什麼事）真正發生的地點不是在涼廊，而是在河邊。目睹死亡後舉止荒唐是情有可原，但事後討論死亡、從討論轉為沉默，再從沉默轉為同情，這就錯了，不是錯在受驚嚇的情緒，是整件事徹頭徹尾都錯了。當他們一起凝視著幽暗河水，當他們內心感受到同樣的衝擊，以至於回旅館的路上沒有交換一個眼神或一句話，這其中確實有值得指謫之處，她是這麼想的。這種不端不正的感覺起先還算輕微，她還差一點就跟他們去了加洛塔。但每次躲開喬治，就愈是不得不再躲一次。不料老天透過表姐和兩位牧師開了個大玩笑，讓露西非得與他一同上山郊遊後才能離開佛羅倫斯。

這段時間，伊格先生一直彬彬有禮地與她交談，他們之間的小摩擦已經事過境遷。

「霍尼徹奇小姐，妳是為了研究藝術而到處旅行嗎？」

「噢，不是……不是！」

「也許是為了研究人性，像我一樣？」賴維許小姐插嘴道。

起來特別溼的地面重重坐下。「這就好啦！大家都舒舒服服地坐下來。雖然我的衣裙比較薄，但因爲是棕色，弄髒溼了比較看不出來。坐啊！親愛的，妳太爲別人著想了，對自己的權利不夠堅持。」她清了清喉嚨：「別緊張，我不是傷風，只是輕微咳嗽，已經三天了，所以和坐在這裡完全無關。」

要應付眼下的局面已別無他法。五分鐘後，露西終於被防水方巾擊敗，自行離開去找畢比先生和伊格先生。

她來找車夫時，他們正懶洋洋地躺在馬車上抽雪茄，薰得椅墊全是雪茄味。方才那個無賴車夫是個瘦巴巴的年輕人，皮膚晒得黧黑，一見到她立刻起身招呼，像個禮貌十足的主人，也像個令人安心的親戚。

「Dove?（哪裡）」露西幾經不安的思索後，開口問道。

車夫的臉亮了起來。他當然知道在哪裡了，而且不會太遠。他伸出手臂劃過四分之三的地平線，看來只是自以爲知道罷了。他用指尖按住自己的額頭，然後再伸向她，就好像手指充滿了明顯可見的訊息精華。

似乎有必要再多說一點。義大利語的「牧師」怎麼說來著？

「Dove buoni uomini?（那些好人在哪裡？）」她想了半天才說。

好人？用這個字眼形容那些高貴的人實在不太恰當！他把雪茄拿給她看。

她接著說：「Uno－piu－piccolo（一個……比較……矮小）」意思是：請你抽雪茄的是不是畢比先生，兩個好人當中比較矮小的那個？

她又說對了。他將馬拴到樹上後，踢一腳讓牠安靜，接著撢撢馬車的灰塵、梳理一下頭髮、重新捏整帽子、順了順小鬍子，不到十五秒便準備好爲她帶路。義大利人是天生的認路好手，好像整個地球就平鋪在他們眼前，不是像一張地圖，而是一方棋盤，他們能持續不斷地看見棋子與方格的移動變化。找路任誰都會，找人卻是一種天賦。

途中他只停下一次，爲了摘幾朵美麗的藍色紫羅蘭送她。她滿心歡喜地向他道謝。和這個庶民在一起，世界顯得美麗而直接。她第一次感受到春天的氛圍。他的手臂優雅地劃過地平線，那裡滿是紫羅蘭和其他植物，她想不想去看看？

「Ma buoni uomini.（可是那些好人）」

他欠了個身。當然了，先找好人，再看紫羅蘭。他們腳步輕快地穿梭在愈來愈濃密的矮灌木叢中。已經快接近岬角邊緣了，四周的風景悄悄現身，卻被有如褐色細網的灌木切割成無數碎片。車夫專心地抽雪茄，也專心地拉開一些軟枝。她則爲能逃離枯燥乏味的世界而欣喜。在她眼中，每一小步、每根細枝，無一不是意義重大。

「那是什麼？」

他們背後遠處的樹林裡有人在說話，是伊格先生嗎？車夫聳聳肩。有時義大利人的無知比內涵更顯而易見。她無法讓他明白他們可能錯過了那兩位牧師。美景終於成形，現在可以看到河流、金色平原與其他小山。

「Eccolo!（到了）」他高喊道。

就在同一時間，腳下的土地忽然塌陷，她驚叫一聲，從樹林跌了下去，瞬間被光與美所包圍。她摔落在一個空曠的小台地上，放眼望去滿滿都是紫羅蘭。

「勇氣！」同伴站在兩米高處，對她喊叫：「勇氣與愛。」

她沒有回答。腳邊的地面陡斜，大片的紫羅蘭猶如小溪、河流與瀑布般傾洩而下，流成滿山坡的藍，遇到樹幹便繞出漩渦，進了凹地則聚積成潭，草地上到處是斑斑點點的碧藍色泡沫。再也見不到如此茂密的紫羅蘭了；這塊台地是個泉源，所有的美便是從這處源頭湧出，灌溉大地。台地邊緣站著一個好人，彷彿準備跳水似的。但並不是她以爲的那個好人，而且他隻身一人。

喬治聽見她跌落的聲響時便已轉過身。他凝視露西片刻，彷彿她是從天而降。他看見她臉上光采煥發的喜悅，看見花朵宛如陣陣藍色波浪拍打著她的衣裙。他們頭頂上有樹叢圍攏。他不由得快步上前，吻了她。

她還來不及開口，也幾乎還來不及有任何感覺，就聽到一個聲音喊道：「露西！露西！露西！」巴特雷特小姐的聲音打破了四周的寂靜，她的棕色身影就站在景物前方。

第七章　歸來

整個下午，大夥都在山坡邊上玩著複雜的遊戲。那是什麼樣的遊戲，誰又站在誰那邊，露西許久都弄不明白。伊格先生與他們會合時，帶著探詢的眼神。夏綠蒂不停地找話題閒聊，以阻止他提問。愛默生先生在找兒子，有人告知他兒子的所在。畢比先生表現出中立人士熱心的一面，應眾人囑託，負責集合各組人馬，準備打道回府。大家心裡都有種不確定與迷惘的感覺。潘神混在他們之中——不是已經埋葬兩千年的大潘神，而是那個老是讓社交聚會出現尷尬場面、讓野餐郊遊泡湯的小潘神。稍早，畢比先生弄丟了所有的人，只好獨自享用茶點，那是他帶來的，原本想給大家一個驚喜。賴維許小姐弄丟了巴特雷特小姐，露西弄丟了伊格先生，愛默生先生弄丟了喬治，巴特雷特小姐弄丟了一塊防水方巾，法厄同則弄丟了致勝的機會。

最後這個事實無可否認。他打著哆嗦爬上車夫座，翻起衣領，預告天氣馬上就要變差。

「我們馬上走吧。」法厄同對他們說：「那位少爺要走路回去。」

「一整路？那要好幾個小時！」畢比先生說。

「應該是。我都跟他說了，這樣太不理智。」他說話時並未正視任何人，也許是挫敗的滋味讓他格外難受。在場只有他一人傾盡直覺，巧妙行動，其他人則都是靠著零零碎碎的理解加以拼湊；只有他一人預知了事情的狀況，以及他希望的發展；露西五天前從一個垂死之人口中得到的訊息，也只有他一人能詮釋。還有大半輩子活在地底下的冥后普西芬妮，她也能夠詮釋，而這些英國人卻做不到。他們總是後知後覺，知覺時可能也太遲了。

一個馬車夫的想法，無論再怎麼合理，也難以對雇主有所影響。他是巴特雷特小姐最強勁的對手，但危險性遠遠不及他人。一旦回到城裡，他與他的洞察力與他知悉的事，便不會再困擾這些英國女子。不過，巴特雷特小姐在矮樹叢裡看見了他那頭黑髮，他有可能把看見的景象變成在酒館裡閒嗑牙的故事，這當然讓人很不舒服。但話說回來，酒館跟她們有什麼關係？真正的威脅其實在客廳。當巴特雷特小姐乘著馬車下山奔向夕陽之際，心裡想的全是旅館客廳裡的人。露西坐在她旁邊，伊格先生坐在對面，不斷試圖與她四目相交；他已隱隱起了疑心。他們談論著阿萊西奧．博多維納第。

夜色降臨，同時下起雨來。兩位小姐緊靠在一起，躲在一把不夠大的陽傘底下。忽然落下一道閃電，坐在前面那輛馬車的賴維許小姐緊張得發出尖叫。第二道閃電劈下時，露西也尖叫一聲。伊格先生發揮牧師的專業對她說：

「勇敢一點，霍尼徹奇小姐，要有勇氣和信心。請恕我這麼說，這種可怕的自然現象幾乎帶有一種褻瀆的意味。難道妳真的以爲這漫天烏雲、這雷電交加，純粹是爲了消滅妳或我嗎？」

「不……當然不是……」

「即使從科學的角度來看，我們被擊中的可能性也微乎其微。一來，唯一會導電的鋼製餐刀放在另一輛馬車。再者，不管怎麼說，坐在車上都要比走在路上安全多了。勇敢些，要有勇氣和信心。」

露西感覺到表姐的手在毯子底下輕輕按了她一下。有時，我們實在太需要一項關懷的舉動，也就顧不得這份關懷的真正含意，也顧不得事後需要付出多大代價。巴特雷特小姐只是適時地動了一下肌肉，卻比她說教或質問幾個小時的收穫更多。

進入佛羅倫斯，走了一半路程後，兩輛馬車都停下，巴特雷特小姐又重複剛才的動作。

「伊格先生！」畢比先生高喊道：「請您幫幫忙，替我們翻譯一下好嗎？」

「喬治！」愛默生先生大叫：「問問車夫，喬治往哪走了？這孩子有可能迷路，有可能遇難啊！」

「去吧，伊格先生。」巴特雷特小姐說：「不，別問我們的車夫，問他沒有用。還是去幫幫可憐的畢比先生吧，他都快瘋了。」

「他有可能遇難！」老愛默生叫嚷著：「他有可能會死啊！」

「典型的反應。」牧師下車時說道：「面對現實的時候，這種人總是會崩潰。」

「他知道多少？」等到車上只剩她們二人時，露西小聲地問：「夏綠蒂，伊格先生知道多少？」

「親愛的，他什麼都不知道。不過，」她指向車夫：「**他**可是什麼都知道。親愛的，我們是不是應該這麼做？我來嗎？」她拿出錢包。「和這些下等人糾纏不清，真是糟糕。他全看見了。」她用旅遊手冊輕拍法厄同的背，說道：「Silenzio!（別多話）」並給了他一個法郎。

他答了一句「Va bene.（好）」，並收下錢。一天就這樣結束，也沒什麼不好。但露西這個平凡少女對他十分失望。

前面的路上發生爆炸。電車的空中纜線受到暴風雨襲擊，有一根大支架被吹倒了。他們若是沒有停車，恐怕已經受傷。他們認為能保全性命乃是奇蹟，於是，能夠豐富生命每一刻的愛與真誠如洪水般湧現。眾人紛紛下車，互相擁抱。對於過去的許多卑劣行為，原諒與被原諒都同樣令人感到欣喜。在那一刻，他們體會到良善的無限可能。

年長者很快便恢復平靜。他們知道，情緒如此激動有失紳士風度與淑女的端莊。賴維許小姐估計，即使馬車繼續行進，也不會遇上意外。伊格先生節制地低聲禱告。但駛過了陰暗泥濘的幾哩路後，兩個車夫不禁對著樹精與聖人們大吐苦水，露西也向表姐傾吐心聲。

「夏綠蒂，親愛的夏綠蒂，親親我。再親親我。只有妳能了解我。妳警告過我要小心的，而我……我還以爲我比較成熟了。」

「別哭，親愛的。慢慢說。」

「我又傻又頑固……妳想像不到的，絕對想像不到。有一次在河邊……天啊，他沒有死吧……他不會死的，對不對？」

這個念頭擾亂了她的悔恨之情。事實上，他們在路上碰到的風雨是最大的，但她當時瀕臨危險，就認定每個人都一樣。

「我相信不會的，大家一定都希望他沒事。」

「他是真的……我想他是一時太吃驚了，就跟我上次一樣。不過這次不能怪我，妳一定要相信我。我只是不小心滑進那堆紫羅蘭花叢。不，我要老老實實地說，我並不是完全沒有錯。我忽然有一些傻念頭。妳知道嗎？那裡的天空是金色的，地上全是藍色，有那麼一會兒，他看起來好像書中的人。」

「書中的人？」

「英雄啦……神啦……就像女學生的無聊幻想。」

「然後呢？」

「夏綠蒂，後來的事妳都知道了。」

巴特雷特小姐默不作聲。她的確無需再知道什麼。洞察入微的她，慈愛地將表妹擁入懷裡。回程中，露西的身子隨著深深的歎息聲不停顫抖，怎麼也壓抑不住。

「我想說實話，」她低聲說道：「可是想完全地誠實，好難。」

「別擔心，親愛的，等妳心情平靜一點再說。睡覺前，我們再到我房間好好聊聊。」

於是她們緊拉著手，重新回到城裡。露西大感訝異，其他人的情緒竟平復得這麼快。暴風雨停歇了，愛默生先生對兒子的擔心便減緩了。畢比先生又恢復好心情，伊格先生也開始冷落賴維許小姐。只有夏綠蒂最可靠，在外表底下隱藏著高深洞察力與無比愛意的夏綠蒂。

能吐露心事是一種奢侈，露西幾乎是快樂地度過漫長夜晚。她心裡想的不是發生了什麼事，而是該如何描述。她所有的感受、她突如其來的勇氣、她莫名感到欣喜的時刻與無緣無故的心情低落，這一切她都要一五一十向表姐鋪陳。然後兩人推心置腹，一起解開謎團作出解釋。

「我終於能了解自己了。」她暗想：「我不會再因爲一些無端發生，又不明其義的事情苦惱了。」

艾倫小姐請她彈琴，她強硬地拒絕。在她看來，音樂像是小孩的扮家家酒。她坐在表姐身旁，耐心可嘉的表姐正在傾聽一個關於遺失行李的冗長故事。故事說完後，又換她說起自己的親身經歷。時間不斷拖延，露西不禁歇斯底里起來，一再想打斷或至少加快故事的敘述，卻都是徒然。直到夜深了，巴特雷特小姐才終於找回行李，並用她平日裡溫言自責的語氣說：「好啦，親愛的，無論如何我都準備好要去找周公了。到我房裡來，我好好給妳梳梳頭。」

巴特雷特小姐仔細地將房門鎖上，並爲露西備好籐椅，然後說道：

「所以要怎麼辦？」

露西對這個問題毫無心理準備。她沒想過自己需要做些什麼。她原本只打算鉅細靡遺地傾吐自己的情感。

「現在要怎麼辦？這個問題，親愛的，只有妳能解決。」

黑色窗戶上淌著雨水，大大的房間又溼又冷。斗櫃上，巴特雷特小姐的帽子旁點了一根蠟燭，搖曳的燭光在上了閂的門上，投射出奇形怪狀、陰森恐怖的黑影。一輛電車在黑暗中轟隆駛過，儘管露西早已擦乾淚水，卻仍感覺到無盡的哀傷。她抬眼望向天花板，獅鷲獸與低音管都變得模糊，失去了顏色，猶如喜悅的幻影。

「雨已經下了快四個小時。」露西終於開口。

巴特雷特小姐假裝沒聽到。

「妳打算怎麼封他的口？」

「車夫嗎？」

「我親愛的表妹，不是車夫，是喬治·愛默生先生。」

露西開始在房裡來回踱步。

「我不明白。」她想了半天才說。

她明白得很，只是她已不再想徹底坦誠了。

「妳要怎麼阻止他說出來？」

「我覺得他絕對不會說的。」

「我也想待他寬容一些，只可惜他這種人我見識過了。每一次的輝煌戰績，他們幾乎都會拿出來炫耀。」

「每一次？」露西喊道，聽到這個暗示著次數之多的可怕字眼，她不由得眉頭深鎖。

「我可憐的表妹，難道妳以爲這是他的第一次？妳過來聽我說，我只是從他說的話去推測。那天吃午飯時，他和艾倫小姐爭論，喜歡上一個人，就多了一個理由去喜歡另一個人，妳記得嗎？」

「記得。」露西說，當時她還挺喜歡這個論調的。

「其實我也不是老古板，沒有必要罵他心存邪念，但他顯然一點教養也沒有，認真說起來，只能歸咎於他的出身和教育了。但話說回來，我們的問題還是沒有進展。妳打算怎麼做？」

露西腦中閃過一個念頭，她要是早點想到，並將它當成自己該做的事，或許能行得通。

「我打算去找他談。」她說。

巴特雷特小姐著實不安地驚叫一聲。

「夏綠蒂，妳這麼爲我著想……我一輩子都不會忘記。可是，就像妳說的，這是我的事，是我跟他的事。」

「妳想去**哀求**他，去**乞求**他別說嗎？」

「當然不是。事情並不難。不管問他什麼問題他都會回答，是或不是，就這麼簡單。以前我很怕他，但現在一點也不怕了。」

「可是我們替妳害怕呀，親愛的。妳太年輕，歷練又少，一直生活在善良的人當中，妳無法想像男人有多壞，假如女人不互相保護、互相幫助，妳無法想像男人會多麼殘酷地羞辱女人，並且樂在其中。比方說今天下午，要不是我及時趕到，會發生什麼事？」

「我不知道。」露西低沉著嗓音說。

聽到她這聲音，巴特雷特小姐忍不住又問一次，而且更加鏗鏘有力。

「要不是我及時趕到，會發生什麼事？」

「我不知道。」露西還是同樣的答案。

「如果他羞辱妳，妳有什麼反應？」

「我還沒有時間想，妳就來了。」

「沒錯，但能不能請妳現在告訴我，妳有什麼反應？」

「我應該會……」她忽然打住，沒把話說完。然後走到滴著水的窗邊，兩眼直盯著漆黑的夜色。她不知道自己會怎麼做。

「別站在窗子前面，親愛的，路上的人會看見妳。」巴特雷特小姐說。

露西乖乖聽話，受制於表姐。一開始是她心甘情願貶低自己，如今關係定調，也無法改變了。方才她說要去找喬治談，和他一起解決問題（不管是什麼問題）這件事就此擱下，她們倆誰都沒有再提。

巴特雷特小姐開始埋怨起來。

「要是有個真正的男子漢就好了！我們倆不過是女流之輩，畢比先生也指望不上。雖然有伊格先生，妳卻不信任他。要是妳弟弟在就好了！他年紀還輕，但我知道一旦姐姐受辱，他就會像一頭被喚醒的雄獅。謝天謝地，騎士精神還沒死，這世上還有一些男人懂得尊重女性。」

她邊說邊拔下手上的幾只戒指，整整齊齊排在針插上。然後對著手套吹氣，說道：

「要趕早班火車，時間很緊迫，但還是得試試。」

「什麼火車？」

「去羅馬的火車。」她用挑剔的眼光看著手套。

這消息宣布得輕鬆，露西也輕鬆地接受了。

「去羅馬的車幾點開？」

「八點。」

「貝托里尼太太會不高興的。」

「那也沒辦法。」巴特雷特小姐回答道，其實她已經通知房東太太，只是不想告訴露西。

「她會要我們付一整個禮拜的住宿費。」
「也許吧。不過，去住維茲母子住的飯店會舒服得多。那裡不是還免費提供下午茶嗎？」
「是，不過酒要另外付錢。」
說完這句話後，她不動也不出聲。在她疲累的眼中，夏綠蒂彷彿夢中幻影一般顫動、膨脹。她們開始收拾衣物，如果想趕上羅馬的火車，可不能再浪費時間。露西受到告誡後，開始在兩個房間來回跑，雖然隱約有一種無可名狀的煩擾，但就著燭光收拾行李的不便讓她感受更深刻。夏綠蒂是個務實的人，可惜並不能幹，她跪在一只空箱子旁邊，努力試著要把大小、厚薄不一的書放進去，卻怎麼也擺不妥當。她歎了兩三口氣，因爲一直彎著腰導致背痛，儘管交際手腕依然靈活，她仍感覺到自己老了。露西進房時正好聽見歎氣聲，倏然間，情緒又莫名地激動起來。她只是覺得如果自己能付出並得到一些人類的關愛，蠟燭就會燒得更亮、行李會收拾得更順利、世人也會更快樂。這種激動情緒以前也有過，但從不像今天這麼強烈。她於是跪到表姐身邊，擁抱她。
巴特雷特小姐也以溫柔與熱情做爲回應。不過她不笨，當然很清楚露西並不是愛她，而只是需要一個愛的對象罷了。因此靜默了許久後，她用一種不祥的語氣說道：
「親愛的露西，妳有可能原諒我嗎？」
露西立刻警覺起來，根據以前的痛苦經驗，她深知巴特雷特小姐所說的原諒非同小可。她情緒已緩和下來，便稍微鬆開擁抱，說道：
「親愛的夏綠蒂，妳說的是什麼意思？妳哪有什麼需要我原諒的！」
「那可多了，我自己也有好多事要去原諒。我知道我老是惹妳厭煩。」
「沒有……」
巴特雷特小姐扮演起她最喜愛的角色，一個長期犧牲自我、未老先衰的人。

「當然有！我可以感覺到，我們的旅行並不像我期望得那麼愉快而美好。其實我早該知道。妳需要的是比較年輕、身子比較強健、和妳比較有共鳴的人。我太無趣也太老派——只適合替妳整理行李。」

「拜託妳……」

「唯一令我欣慰的是，妳找到了和妳更趣味相投的人，常常不需要我陪妳出去。關於淑女該有的言行舉止，我自有一些微不足道的想法，但我希望妳沒有因此受到不必要的約束。不管怎麼說，換房間的事就是妳做的主呀。」

「妳別說這種話。」露西輕聲說。

她依然滿心希望自己和夏綠蒂是全心全意愛著彼此。兩人繼續默默地收拾行李。

巴特雷特小姐費勁地給露西（而不是自己）的皮箱綁上帶子，並開口說道：「我很失敗，沒能讓妳快樂，也沒能盡到當初對妳母親的承諾。她對我那麼慷慨，我卻讓這趟旅行變成一場災難，以後再也沒有臉見她了。」

「母親會了解的，這些紛擾不是妳的錯，而且這也不是災難。」

「就是我的錯，它就是災難。她永遠不會原諒我的，而且也不能怪她。譬如說，我有什麼權利和賴維許小姐交朋友呢？」

「妳當然有權利。」

「我可是為了照顧妳才來的。如果我讓妳不開心，就等於是對妳疏於照顧。當妳告訴母親這些事的時候，她也會和我一樣看得一清二楚。」

露西心生膽怯，希望能改善眼下的情勢，便說：

「這些事何必跟母親說呢？」

「妳不是什麼都會跟她說嗎？」
「通常是這樣沒錯。」
「妳們母女之間無所不談的好感情，有一種神聖意味，我可不敢破壞。除非是妳自己覺得不能說。」
露西不願自貶至此。
「我本來當然會告訴她，可是萬一會害妳受到責怪，我可以答應妳不說出來。我非常樂意這麼做，這件事我絕不會告訴她或任何人。」
漫長的交談就在她這句承諾後戛然而止。巴特雷特小姐很快地在她兩頰各親一下，道了晚安，便要她回房去。
原來的紛擾暫時落幕了。喬治從頭到尾看起來就像個無賴，也許到最後大家都會這麼認爲。目前她既不判他無罪，也不判他有罪，她沒有作出判決。在她正要評斷喬治的當下，表姐的聲音介入了，從此以後，巴特雷特小姐便主導一切。即使在此時此刻，也還能從隔牆的縫隙聽見她的歎息。她這個人確實很有定見、不會低聲下氣，而且始終如一。就像個偉大的藝術家一樣，有一段時間（事實上是許多年）毫無價值可言，但最後卻爲表妹呈上一幅完整畫作，畫的是一個沒有歡笑、沒有愛的世界，年輕人爭相奔赴毀滅，直到學到教訓。那是一個知恥的世界，充滿警惕與障礙，若從那些最恪守規範的人看來，這些警惕與障礙或許能避免罪惡，卻無法帶來良善。
露西蒙受了這個世界上最大的屈辱，她的真誠、她對同情與愛的渴望，竟遭人以圓滑的手段利用。這種屈辱令人難忘。以後她想吐露心事時，定然會再三斟酌、提高警覺，以免自討沒趣。而這屈辱也可能對心靈造成重大傷害。
這時門鈴響了，她往窗子走去。還沒來到窗邊，她忽然猶豫片刻，轉身將蠟燭吹熄。因此，她雖然看見底下有個人站在雨中，那人卻沒看見她，即使他抬起了頭。

他要回房，一定會經過她的房間。依然衣冠整齊的她忽然想到，不妨溜到走廊上，簡單告訴他明天他起床以前她就會離開，而他們之間異乎尋常的交往也到此結束。

但她究竟敢不敢這麼做，始終不得而知。因爲就在關鍵時刻，巴特雷特小姐打開自己的房門，只聽到她說：

「我們到客廳去談談好嗎，愛默生先生？」

不久，又聽到他們回來的腳步聲，以及巴特雷特小姐說：「晚安，愛默生先生。」

他只以粗重、疲憊的呼吸聲回應。露西的伴護人盡到了自己職責。

露西大喊出聲：「這不是真的，這一切都不是真的。我不想這麼糊里糊塗，我想快點長大！」

巴特雷特小姐敲敲牆壁。

「快上床睡覺，親愛的。妳需要好好休息。」

一早，她們便出發前往羅馬。

第二部

第八章　中世紀

「風之隅」起居室的窗簾緊緊拉攏，因爲地毯剛換新，需要善加保護避免八月艷陽的照射。窗簾十分厚重，幾乎長達地面，透射進來的光線微弱而斑駁。在場若有詩人，見狀或許會引述雪萊的詩句「人生有如斑斕的玻璃天頂」，也或許會將窗簾比擬成放下的閘門，以隔離從天上奔瀉而下的潮水。窗簾外，燦爛的光海湧動；窗簾內，耀眼的光輝仍依稀可見，但已經可以承受。

室內坐著兩個討喜的人。一個是十九歲的男孩，正在讀一本解剖學小手冊，偶爾則盯著鋼琴上的一塊骨頭細看。他不時在椅子上動來動去，又是吐氣又是呻吟，因爲天氣太熱、印刷字體太小，人體構造又複雜得要命。另外一人是他母親，正在寫信，同時不斷大聲念給他聽。她也不斷起身去拉窗簾，使得一縷細細的陽光灑在地毯上，一面說：他們還在呢。

「有哪裡是他們不在的？」男孩說。他是露西的弟弟佛萊迪。「告訴妳，我噁心得要吐了。」

「天哪，想吐的話就趕緊離開我的起居室！」霍尼徹奇太太驚呼道，她故意裝糊塗，希望能改掉孩子們的不雅用語。

佛萊迪沒動也沒搭腔。

「我想時機就快成熟了。」她說道。如果不必苦苦請求，她倒是想聽聽兒子的意見。

「也該是時候了。」

「我很高興賽希爾能再次向她求婚。」

「這是他第三次挑戰了吧？」

「佛萊迪，你說話實在太刻薄了。」

「我不是故意要刻薄的。」他隨即又接著說：「但我真的覺得露西大可以在義大利就把話講清楚。我是不知道女生都怎麼處理事情，不過她肯定沒有好好地拒絕人家，否則現在也不必再說一次。這整件事……我也說不上來……總之就是讓我覺得很不舒服。」

「真的嗎，兒子？那可真有意思！」

「我覺得……算了。」

他又繼續讀他的書。

「你還是聽聽看我給維茲太太寫了什麼。我寫說：『親愛的維茲太太……』」

「是的，母親，妳念給我聽過了。寫得好極了。」

「我寫說：『親愛的維茲太太，賽希爾剛剛徵求我的同意，如果露西願意的話，我當然樂見其成。但是……』」她不再往下念，說道：「賽希爾竟然會徵求我的同意，還真有意思。他向來追求自由戀愛，認爲父母沒有置喙的餘地之類的，結果到了重要的節骨眼還是少不了我。」

「還有我。」

「你？」

佛萊迪點點頭。

「什麼意思？」

「他也徵求了我的同意。」

她驚叫道：「他可真是個怪人！」

「爲什麼？」兒子兼繼承人問道：「爲什麼不能徵求我的同意？」

「你哪懂露西或是女孩的心事？結果你說了些什麼？」

「我跟賽希爾說：『娶不娶她隨便你，跟我無關！』」

「這個回答還真有幫助！」其實她的回答只是措辭比較中規中矩，但意思是一樣的。

「麻煩就麻煩在這裡，」佛萊迪起了話頭，接著卻又看起書來，不好意思說出麻煩出在哪裡。

霍尼徹奇太太又走回窗邊。

「佛萊迪，你來看。他們還在那裡！」

「妳這樣偷窺不好吧。」

「偷窺？我就連從自家窗口往外看都不行嗎？」

話雖如此，她還是回到寫字桌來，經過兒子身旁時瞄了一眼。「還在三二二頁？」佛萊迪哼了一聲，翻過兩頁。兩人都沉默了片刻。在窗簾外不遠處，輕聲細語的長談始終沒有間斷。

「麻煩就麻煩在這裡：我跟賽希爾說了不該說的話，搞得現在難以收拾。」他緊張地嚥了口口水。「他對我的『同意』不滿意，我是真的同意了，因爲我說『我不介意』。反正他覺得不滿意，他想知道我有沒有高興得快瘋掉。他的原話是，如果他娶了露西，對露西和風之隅整體而言都是天大好事，不是嗎？他要我給他一個答案，說這樣能讓他求婚更順利。」

「但願你是經過三思才回答的，親愛的。」

「我回說『不是』，」佛萊迪咬牙切齒地說：「好啦！這下完蛋了！我也沒辦法……我非說不可，我一定得說不是。他根本就不該來問我。」

「你這孩子真是荒唐！」母親叫喊著說：「你自以爲清高誠實，其實只是自大得惹人厭。你以爲像賽希爾那樣的人會把你說的話當一回事嗎？真希望他當時搧你兩個耳光。你竟敢拒絕他？」

「別說了，母親！我又不能說我很高興，只好說不是了。我試著一笑帶過，因爲賽希爾也笑著走開，所以應該沒事。但我總覺得說錯話了。唉，反正妳別多嘴，讓男人發揮一點作用。」

「不，」霍尼徹奇太太以一副慎重思考過的表情說：「我不會默不作聲。你明知道他們倆在羅馬的事情，也明知道他爲什麼會來，卻故意這樣羞辱他，想把他趕出我的房子。」

「絕對不是這樣！」他辯解道：「我只是洩漏出我不喜歡他。我也不是討厭他，但就是不喜歡他。我擔心的是他會告訴露西。」

他黯然地瞄了窗簾一眼。

「可是我喜歡他。」霍尼徹奇太太說：「我認識他母親，而且他人品好、聰明、有錢，又認識很多顯貴……欸，你不必踢鋼琴！他認識很多顯貴，你想聽的話我就再說一次，他認識很多顯貴。」她暫停下來，好像默背誦詞似的，但臉上的表情仍顯得不滿意，於是又加上一句：「而且他斯文有禮。」

「我本來也挺喜歡他的。直到最近，大概是因爲露西回家的第一個禮拜就被他搞砸了，還有不知情的畢比先生說了一些話。」

「畢比先生？」母親試著隱藏自己的興致，問道：「這跟畢比先生有什麼關係？」

「妳也知道畢比先生的怪習慣，就是說話老是讓人摸不著頭緒。他說：『維茲先生是個理想的單身漢。』我很機靈，就問他是什麼意思。他說：『噢，他跟我一樣……最好不要有什麼牽絆。』不管我怎麼追問，他都不肯再多說一句，我卻開始有一些想法。至少，自從賽希爾開始追求露西，他就不那麼討人喜歡了……我也說不出原因。」

「兒子，你老是說不出原因，但我可以。你是忌妒賽希爾，因爲露西可能因爲他而不再替你織絲質領帶了。」

這個解釋似乎不無可能，佛萊迪試著接受，但是內心深處隱約潛藏著懷疑。賽希爾對於強健的人總是讚不絕口，是因爲這樣嗎？和賽希爾說話總得順著他的意思，不能想說什麼就說什麼，這很累人，是因爲這樣嗎？而且賽希爾從來不戴別人戴過的帽子。佛萊迪沒有意識到這些想法的深度，就此打住，不再繼續想下去。這一定是忌妒，否則他不會爲了這種愚蠢的原因討厭一個人。

「這樣可以嗎？」他母親大聲說：「『親愛的維茲太太，賽希爾剛剛徵求我的同意，如果露西願意的話，我當然樂見其成。』然後我在上面寫說『我也是這麼對露西說的』。我得把信再謄一遍……『我也是這麼對露西說的。但露西似乎還很不確定，而現在這個年頭，年輕人的事得由他們自己做主。』我這麼說是怕維茲太太覺得我們落伍。她常常去聽演講增長見識，卻任由床底下堆積厚厚的絨毛灰塵，電燈開關上也全是下人的拇指印。她那間公寓根本沒好好整理……」

「要是露西嫁給賽希爾，他們會住那間公寓，還是住到鄉下去？」

「你別這樣亂打岔。我念到哪兒了？喔，對了……『年輕人的事得由他們自己做主。我知道露西喜歡妳兒子，因爲她什麼事都會告訴我，當初在羅馬，他第一次求婚時，她就寫信告訴我了。』不行，最後一句要刪掉，看起來好像自以爲了不起似的。寫到『因爲她什麼事都會告訴我』就好。或者這句也要刪掉？」

「這句也刪掉。」佛萊迪說。

霍尼徹奇太太還是保留了。

「所以整封信的內容就是：『親愛的維茲太太，賽希爾剛剛徵求我的同意，如果露西願意的話，我當然樂見其成，我也是這麼對露西說的。但露西似乎還是很不確定，而現在這個年頭，年輕人的事得由他們自己做主。我知道露西喜歡妳兒子，因爲她什麼事都會告訴我。只是我不知道……』」

「小心！」佛萊迪大喊。

窗簾被拉開。

賽希爾的第一個舉動顯得很氣惱。他實在受不了霍尼徹奇一家人為了保護家具而寧可坐在黑暗中的習慣。他不由自主地拉扯了一下，窗簾隨即順著桿子快速滑開。光線照射進來。眼前出現一片露台，每一側都種了樹，上面擺著一張小小的原木椅，還有兩個花壇，就和許多花園住宅的露台一樣。但遠方景致給了它不同風貌，因為風之隅建在山上，可以俯瞰索塞克斯郡的威爾德地區。而坐在小椅子上的露西，竟有如坐在一張綠色魔毯邊緣，盤旋於微微震顫的世界上空。

賽希爾進來了。

拖了這麼久才讓賽希爾出場，現在得趕緊來描述一下他。他有中世紀的味道，宛如一尊哥德式雕像。身材高大、姿態優雅，肩膀似乎刻意挺得方方正正，下巴微微抬起，眼睛也看得比一般人高，就好像守護在法國大教堂門口那些嚴謹的聖人。他有教養、有天賦，身體沒有缺陷，卻受到一種心魔掌控，現代人稱之為自我意識，比較沒見識的中世紀人則推崇為禁慾精神。哥德式雕像暗示著禁慾獨身，正如同希臘雕像暗示著開花結果，也許畢比先生說的就是這個意思。而佛萊迪對歷史與藝術毫無涉獵，當他說無法想像賽希爾戴別人戴過的帽子，或許也是同樣意思。

霍尼徹奇太太將信留在寫字桌上，朝這個年輕人走去。

「噢，賽希爾！」她高呼道：「賽希爾！快跟我說說！」

「I promessi sposi.（約婚夫婦）」他說。

母子倆焦急地看著他。

「她答應了。」他說，這句話用英文來說，語調讓他高興得臉紅、微笑，也顯得更有人情味。

「我太高興了。」霍尼徹奇太太說道，佛萊迪則伸出被化學藥劑染黃的手。他們很希望自己也會說義大利語，因爲英語當中表達贊同與驚訝的字眼都太小家子氣，大家通常不敢用在重要場合。所以我們只能稍微展現詩意，或是求助於聖經語句。

「歡迎你成爲我們家的一分子！」霍尼徹奇太太說，同時對著家具比劃了一下。「今天真是大喜的日子！我相信你一定能讓我心愛的露西幸福。」

「但願如此。」賽希爾將目光轉向天花板，回答道。

「我們做母親的……」霍尼徹奇太太露出不自然的笑容說道，隨即察覺自己太做作、太婆婆媽媽、太誇張……她向來最討厭這種人了。她怎麼就不能像佛萊迪那樣，直挺挺地站在客廳中央，看起來老大不高興，卻又挺帥氣的？

「露西！」賽希爾喊了一聲，因爲談話似乎有些欲振乏力。

露西從座椅上起身穿過草坪，對著屋內的他們微笑，一副彷彿是要找他們去打網球的模樣。接著她看見弟弟的表情，不由得雙脣微開，上前擁抱他。他對她說：「鎮定點！」

「不親親我嗎？」母親問。

露西也親吻了她。

「妳帶他們到花園去，把事情向霍尼徹奇太太詳述一遍好嗎？」賽希爾提議道：「我要待在這裡，寫信告訴母親。」

「我們跟露西去？」佛萊迪彷彿聽命行事似的。

「是的，你們跟露西去。」

他們走進陽光底下。賽希爾看著他們穿過露台，步下階梯，身影消失不見。他知道他們的習慣，下了階梯後會經過灌木林、經過草地網球場和大理花壇，最後走到菜園，面對著馬鈴薯與豌豆談論這件大事。

他滿足地笑了笑，點起香菸，重新回想一遍事情是如何發展到這個圓滿結局。

他認識露西已有幾年的時間，但一向只把她當成一個碰巧有點音樂才華的普通女孩。他還記得在羅馬的那天下午，她和她那位惹人厭的表姐突然跑來，要求他帶她們到聖彼得大教堂時，他的心情有多沮喪。那天的她就像個典型的遊客：說話嘰哩呱啦、態度粗俗，加上旅途勞累而顯得憔悴。但義大利在她身上施展了魔法，給予她亮光，也給予她影子——後者讓他覺得彌足珍貴。不久，他便發現她也有美好的沉默的一面。就像達文西畫中的女子，比起女子本身，我們更喜愛她未說出口的事。那些事絕不屬於這個塵世，達文西畫的女子不可能粗俗到會「說故事」。而露西確實一天比一天更加成熟迷人。

於是，他原本高高在上的禮貌態度逐漸起了變化，即使不到變得熱情，至少也深深感到心神不寧。在羅馬時他便暗示過她，他們倆可能是天作之合。她聽到之後沒有立刻拂袖而去，令他大爲感動。她是清楚而溫和地加以拒絕。之後她對他的態度，一如那句可怕的成語，一成不變。三個月後在義大利邊界，繁花盛開的阿爾卑斯山上，他再次以直接而傳統的話語向她求婚。他覺得這天的她比以往都更像達文西的畫中人：晒黑的五官籠罩著奇岩怪石的陰影；她聽完他的話後轉過身來，擋在他與陽光之間，背後是無遠弗屆的平原。他泰然自若地與她一起走路回住處，一點也沒有求婚被拒的感覺。真正重要的東西並未受到動搖。

因此現在他再一次求婚，這回她答應了，態度清楚而溫和，一如既往。她並未害羞地解釋自己爲何遲遲不肯答應，只說她愛他，會盡力讓他幸福。他母親也會很高興，這次求婚便是她建議的，他得寫封長信向她詳述。

他瞄一眼自己的手，擔心沾上了佛萊迪手上的化學藥劑，然後走向寫字桌。他在桌上看見「親愛的維茲太太，」，後面是許多刪刪減減。他急忙往後退沒再看下去，略作猶豫後坐到別處，把紙放在膝蓋上，用鉛筆寫起草稿。

接著他又點了根菸，味道似乎沒有前一支那麼好，然後邊抽菸邊想該怎麼讓風之隅的起居室變得更有特色。窗外有如此美景應該能讓它增色不少，只可惜托特納姆宮路上家具公司的痕跡難以抹滅。他幾乎可以想像，舒爾布雷與梅波爾家具公司的貨車停在門口，這張椅子、那些上釉的書櫃、那張寫字桌一一被搬進來放妥。那張書桌又讓他想起霍尼徹奇太太的信了。他不想看那封信，這類事情向來誘惑不了他，但他還是覺得擔心。她會找他母親商量他的事，只能怪他自己。這是他第三次求婚，因此希望得到露西母親的支持，他希望別人（不管是誰）站在他這邊，所以才徵求他們的意見。霍尼徹奇太太很客氣，但在重要的問題上態度有些曖昧，至於佛萊迪……

「他還只是個孩子。」他暗自尋思：「我象徵著他鄙視的一切，他怎麼會希望我當他姐夫？」霍尼徹奇是個受敬重的家族，但他漸漸發覺到露西與其他人不同，也許，他應該盡快帶她進入較合適的社交圈。他並沒有把話說得很直白。

「畢比先生來了！」女傭邊說邊將夏日街教區的新牧師請進來。由於露西從佛羅倫斯寄回來的信中十分讚賞他，因此他很快便與這家人往來密切。

賽希爾以拒人於千里之外的態度與他打招呼。

「我是來用午茶的，維茲先生。您想我能如願嗎？」

「應該可以吧。在這裡總會有東西吃……別坐那張椅子，小霍尼徹奇先生在上面放過骨頭。」

「嚇！」

「我知道，」賽希爾說：「我知道。我也想不通霍尼徹奇太太怎能容許這種事。」

賽希爾將人骨與梅波爾家具當成兩回事，殊不知這兩者結合起來，才能爲這個廳室注入他所渴望的活力。

「我是來用午茶順便聊天的。這可是個新聞，不是嗎？」

「新聞？我不明白。」賽希爾說：「新聞？」

畢比先生叨叨絮絮地說起來，他所謂的新聞完全是另一回事。

「我來的時候遇見了哈利．奧特威爵士，我敢說我是第一個得知消息的。他向富列克先生買下了西西和亞伯特！」

「真的嗎？」賽希爾努力讓自己恢復平靜。他實在錯得離譜！畢比先生既是牧師也是紳士，怎麼可能以這麼輕浮的態度談論他訂婚的事？但是他依然很不自在，雖然嘴裡問道西西和亞伯特是誰，內心仍覺得畢比先生過於魯莽失禮。

「這個問題太不可原諒了！您都已經在風之隅待了一個星期，竟然還沒見過西西和亞伯特，就是蓋在教堂對面那兩棟雙拼花園住宅呀！我得讓霍尼徹奇太太多多帶您熟悉一下。」

「我對於地方上的事情，真是一問三不知。」賽希爾無精打采地說：「甚至老是記不得教區委員會和地方政府委員會的差別。或許兩個是一樣的，也或許我連名稱都搞錯了。我到鄉下都只是為了找朋友、欣賞風景，對其他事情非常粗枝大葉。只有在義大利和倫敦，我才有如魚得水的感覺。」

西西與亞伯特的消息牽引出如此沉重的回應，畢比先生感到沮喪，決定轉移話題。

「對了，維茲先生……我忘了……請問您從事哪一行？」

「我沒有工作。」賽希爾說：「這又再次證明我的頹廢。我的人生態度其實相當難以令人苟同，我認為只要不造成別人的困擾，就有權利做自己想做的事。我知道我應該去賺別人的錢，或是從事一些我毫無興趣的事，但不知怎地就是做不到。」

「您真是幸運。」畢比先生說：「能悠哉地生活，這是多麼難得的機會。」

他的聲音虛虛的，卻又不知該如何自然應答。他就和一般有固定職業的人一樣，認爲大家都應該工作。

「很高興您贊同我的想法。我其實無顏正視那些身強體健的人，例如佛萊迪・霍尼徹奇。」

「佛萊迪是個好青年，不是嗎？」

「很出色。正是他這樣的人造就了現在的英國。」

賽希爾自己都感到驚奇。爲什麼偏偏在今天，他一直對自己大唱反調？他試著修正態度，開始殷勤地問候畢比先生的母親，儘管他並不特別關心這位老太太。隨後又恭維起牧師來，稱讚他心胸寬大，對於哲學與科學的態度開明。

過了好一會兒，畢比先生才問道：「其他人上哪兒去了？作夜間禮拜之前，我一定要叨擾一頓午茶。」

「我猜安妮根本沒有告訴他們您來了。第一天到這個家來的時候，他們就一再向我告知下人的狀況。安妮的缺點是，明明聽得一清二楚，還是會請你再說一遍，而且還會踢椅腳。瑪莉的缺點是……我忘記瑪莉有什麼缺點了，總之挺嚴重的。我們到花園去看看，好嗎？」

「我知道瑪莉的缺點是什麼。她會把畚箕留在樓梯上。」

「尤菲米亞的缺點則是不肯把牛板油切細一點，怎麼樣都不肯。」

兩人都笑了起來，氣氛也開始融洽起來。

「佛萊迪的缺點……」賽希爾接著說。

「唉，他的問題太多了，只有他母親能記住。不妨說說霍尼徹奇小姐的缺點吧，沒有多到數不清。」

「她沒有缺點。」賽希爾一本正經地說。

「我也同意，目前的她沒有缺點。」

「目前？」

「我不是抱持懷疑，只是想到對於霍尼徹奇小姐，我有一番得意的見解。她的鋼琴彈得那麼多采多姿，生活卻如此平淡，這合理嗎？我猜想總有一天，她在這兩方面都會多采多姿。她緊閉的心房將會洞開，音樂與生活會融合在一起。到時候她將會有英雄式的好、英雄式的壞，也或許英雄色彩太濃，而無所謂好壞了。」

賽希爾忽然覺得這個同伴很有趣。

「所以您覺得目前的她，在生活方面乏善可陳嗎？」

「我得這麼說，我只在坦橋井和佛羅倫斯見過她，在坦橋井的她確實乏善可陳。而我來到夏日街以後，她一直不在家。您見過她，不是嗎？在羅馬還有阿爾卑斯山。哎呀！我都忘了，你們本來就認識了。其實她在佛羅倫斯也乏善可陳，但我一直期望她能精彩起來。」

「在哪方面？」

他們倆在露台上走來走去，愈談愈契合。

「當時，我能輕易說出她接下來要彈什麼曲子。我就是能感覺到她已經找到翅膀，準備振翅高飛。我可以讓您看看，我在義大利寫日記時畫了一幅很美的畫，霍尼徹奇小姐是風箏，巴特雷特小姐牽著線。第二幅畫，線斷了。」

素描畫在日記裡，但那是事後，當他以藝術眼光看待事情時畫的。事發當時，他自己也曾偷偷拉扯過風箏線。

「實際上線一直沒斷嗎？」

「沒有。我或許沒看到霍尼徹奇小姐飛升起來，但的確聽到巴特雷特小姐墜落的聲音。」

「現在線斷了。」賽希爾以微微顫抖的低沉嗓音說。

但他立刻發覺，無論是以自大、可笑或令人鄙夷的方式宣布訂婚消息，都不像現在這麼糟。他暗罵自己太喜歡使用隱喻。難道他是在暗示自己是一顆星辰，而露西即將飛奔向他？

「斷了？這是什麼意思？」

「我的意思是，她即將要嫁給我。」賽希爾語氣生硬地說。

牧師感到萬分失望，忍不住從聲音中表露出來。

「對不起，我得鄭重道歉。我完全不知道您與她的關係，否則絕不會用這麼輕浮、膚淺的態度說話。賽希爾先生，您應該阻止我的。」他看到花園中的露西；沒錯，他很失望。

比起道歉，賽希爾當然更想聽他道賀，他的嘴角垮了下來。世人對他的行爲舉止就是如此反應嗎？當然，整體而言，他瞧不起這個世界，每個有思想的人都應該如此，這點幾乎就能看出一個人的教養。然而，他對於在這個世界裡不斷遭遇的分子微粒卻十分敏感。

偶爾，他也會相當粗魯無禮。

「抱歉，讓您大吃一驚。」他冷冷地說：「看來您似乎無法接受露西的選擇。」

「不是的。只是您應該打斷我的話。我認識霍尼徹奇小姐的時間並不長，也許不應該這麼隨意地和任何人討論她的事，尤其不該和您討論。」

「您覺得自己說了什麼不該說的話嗎？」

畢比先生讓自己鎮定下來。維茲先生果然很有本事，能把人逼到窘迫的境地。他只好祭出自己職業所賦予的特權。

「不，我沒說什麼不該說的話。我在佛羅倫斯便已看出，她平靜單調的幼年生活一定會結束，如今果然結束了。我隱隱約約感覺到她可能會跨出很重要的一步，她也跨出去了。她已經學到……

既然已經隨意地開始，就請容許我繼續隨意地說下去吧……她已經學到了什麼是愛，有些人說，這是人世間最重要的課程。」這時應該要向逐步靠近的三人揮帽致意了，這點禮貌他並未疏忽。「她是透過您學到的，」儘管他仍帶著神職人員的口吻，卻也流露真誠：「還請您多留意，讓她能從這一課當中獲益。」

「Grazie tante!（非常感謝）」向來不喜歡教區牧師的賽希爾回答道。

「您聽說了嗎？」霍尼徹奇太太一面費力爬上花園斜坡，一面喊道：「畢比先生，您聽說這個好消息了嗎？」

此時的佛萊迪也滿心歡喜，用口哨吹著結婚進行曲。對於已成定局的事，年輕人鮮少會有意見。

「當然聽說了！」他大聲回答，並且看著露西。在她面前，他再也無法扮演教區牧師的角色，否則至少會帶著歉意。「霍尼徹奇太太，我通常都太害羞，沒能好好盡自己的責任，現在我要來做該做的事了。我要求神賜給他們各種福氣，無論嚴肅或歡樂、無論大或小。我期望他們無論當夫妻或父母，都能享有最美好、最幸福的人生。好了，我現在要喝茶了。」

「您討的還真是時候。」女主人回嘴說：「在風之隅，您竟敢這麼正經八百！」

他於是客隨主便，不再說一些嚴肅的祝福話語，不再試圖引述詩句或聖經讓場面變得更莊嚴。也再沒有人膽敢或能夠正經八百起來。

訂婚的影響力極大，凡是談論此事的人，遲早都會陷入一種既歡喜又害怕的心境。一旦遠離討論，回到房中獨處，畢比先生甚或佛萊迪都有可能再度挑剔起來。但在這個當下，面對彼此，他們真心感到喜悅。訂婚有一種神奇力量，不但能迫使人嘴上服從，連心也會跟著屈服。最能與它相提並論的——大事當然也得拿大事來比較——就是異教神殿加諸在我們身上的力量。站在殿外，我們只會嘲弄或反對它，否則頂多是有所感罷了。可是進了殿內，雖然看見的不是自己信仰的聖人或神祇，但身旁若有真正的信徒，我們也會變得虔誠。

因此，經過了一下午的摸索與疑慮後，他們終於平靜下來，度過一場非常愉快的午茶聚會。就算表現得虛僞他們也不自知，何況這份虛僞極有可能慢慢變成真心實意。安妮每擺一個盤子就好像放下一份結婚禮物，讓眾人大感興奮。當她踢開起居室的門之前，都會為他們送上微笑，他們自然不能輸給她。畢比先生嘰嘰喳喳說個不停，佛萊迪也充分發揮幽默機智，稱呼賽希爾爲「花瓶」，這是他們家對「未婚夫」的雙關暱稱。風趣又福態的霍尼徹奇太太很可能會是個好丈母娘。至於露西與賽希爾，這座聖殿是爲他們所打造，他們也參與了這歡樂的儀式，但一如誠摯的信徒們應該做的，他們正等待著一個更神聖的喜樂殿堂出現。

第九章

成為藝術品的露西

宣布訂婚的幾天後，霍尼徹奇太太要露西和她的「花瓶」去參加附近一個庭園小聚會，她當然是想讓大家看看，女兒即將嫁給一個體面的人。

賽希爾何止體面而已。他氣質高雅，尤其看到他修長的身形與露西齊步並行，看到露西與他說話時，他那張俊美長臉的反應，著實賞心悅目。眾人紛紛向霍尼徹奇太太道賀，我認爲這在社交上十分失禮，但她很是高興，而且不假思索便將賽希爾介紹給幾位古板保守的富孀。

茶會上發生了一個小意外：有人打翻咖啡，濺到露西的華麗絲裙。雖然露西裝作毫不在意，但母親可不像她，立刻就拉她進屋，讓一位好心的女僕爲她清理衣裙。她們離開了好一會兒，留下賽希爾與那些富孀獨處，回來時他已不像原先那麼高興了。

「你們經常參加這種聚會嗎？」開車回家時，賽希爾問道。

「噢，只是偶爾。」露西回答。她倒是玩得挺開心的。

「這是地方上典型的活動嗎？」

「應該是吧。媽，妳說呢？」

「這類活動很多啊！」霍尼徹奇太太邊說邊回想某件衣裙下襬的樣式。

見她心不在焉，賽希爾便傾身對露西說：

「我覺得這種聚會根本是裝模作樣，無聊至極，慘不忍睹。」

「真是抱歉，把你困在裡面。」

「倒不是那樣，只是她們的道賀太令人厭煩了，好像把一個婚約當成公共財產、當成一塊荒地，每個不相干的人都可以在裡面發洩粗俗的感覺。那群老太太笑得多假啊！」

「我想這是必經過程，下一次她們就不會那麼注意我們了。」

「但我的意思是，她們的態度根本完全錯了。訂婚，這個字眼本身就很糟，訂婚是私事，就應該以私事來看待。」

然而那群假笑的老婦人，不管就個人觀點而言錯得多離譜，就種族而言卻是對的。世世代代的精神藉由她們的嘴角露出微笑，爲了賽希爾與露西的訂婚而歡喜，因爲這代表地球上的生命得以延續。但對賽希爾與露西來說，它代表截然不同的意義：個人的愛情。因此賽希爾才會氣惱，露西也才會覺得他的氣惱有理。

「真是麻煩！」她說：「你怎麼不離開去打網球呢？」

「我不打網球，至少不在公開場合打。這一帶並沒有關於我擅長運動的傳聞，而是傳說我是個Inglese Italianato（義大利化的英國人）。」

「Inglese Italianato?」

「È un diavolo incarnato!（是魔鬼的化身）妳聽說過這句俗諺嗎？」

她沒聽過，也覺得這句話並不適用於這個在羅馬靜靜陪母親度過整個冬天的年輕人。不過，自從訂婚後，賽希爾就裝出一副見多識廣、玩世不恭的樣子，其實他根本不是這種人。

「算了，」他說：「她們要是不認同我，我也沒辦法。我和她們之間有一道無法移除的障礙，我也只能接受。」

「我想，每個人都有自己的局限。」露西明智地說。

「可是，有時這些限制是別人強加在我們身上的。」賽希爾從她的話中聽出，她不太理解他的立場。

「怎麼說？」

「我們是自己築起圍牆，還是被隔在別人的圍牆外，這是有差別的，不是嗎？」

她思索片刻，承認這兩者確實有差別。

「差別？」霍尼徹奇太太忽然警醒，大聲說：「我看不出有什麼差別。圍牆就是圍牆，尤其如果蓋在同一個地方的話。」

「我們在說動機。」賽希爾對於談話被打斷感到不悅。

「親愛的賽希爾，你看看這個。」她打直雙膝，將名片盒立在腿上。「這是我，這是風之隅，其他部分就代表其他人。動機都很好，但這裡就出現圍牆了。」

「我們不是在說真的圍牆。」露西笑著說。

「喔，我明白了，親愛的……是詩啊。」

她泰然地往後靠。賽希爾不懂露西為什麼覺得好笑。

「我來告訴你們，誰沒有你們所謂的『圍牆』。」她說道：「就是畢比先生。」

「一個牧師不築牆就沒有防衛能力。」

露西向來不太能跟上別人談話的步調，卻能很快察覺他們話中的含意。她沒有聽出賽希爾話中有話，卻能體會到他說話的情緒。

「你不喜歡畢比先生嗎？」她若有所思地問。

「我可沒這麼說！」他高聲說：「我認為他遠遠高於一般水準。我只是不認同……」他話鋒一轉，又回到圍牆的話題，轉換得十分高明。

「其實有一個牧師我真的很討厭，」她想順著話題說點什麼：「這個牧師就築了圍牆，而且是可怕的圍牆。我說的是佛羅倫斯的英國牧師伊格先生，他不只態度不佳，還一點也不真誠。他很勢利，驕傲得不得了，說話更是刻薄。」

「他說了什麼話？」

「貝托里尼旅館有一位老先生，牧師說他殺了自己的妻子。」

「也許是真的。」

「不可能。」

「爲什麼不可能？」

「那位老先生是個大好人，我很確定。」

聽到她這種女性特有、不講邏輯的言詞，賽希爾笑出聲來。

「我當時的確想弄清這件事，伊格先生卻老是迴避重點，含糊其詞，說什麼老先生『幾乎可以說』是殺害了妻子，說他在上帝眼中殺了人。」

「好了，親愛的！」霍尼徹奇太太心不在焉地說。

「可是牧師本該是我們學習的對象，卻到處中傷人，豈不是叫人難以忍受？我認爲，老先生主要就是因爲他才受到排斥。大家都假裝說他粗俗，但他根本不是那樣。」

「可憐的老先生！他叫什麼名字？」

「哈里斯。」露西隨口說了個名字。

「但願實際上根本沒有哈里斯太太這個人。」母親說。

賽希爾心領神會地點點頭。

「伊格先生不是個有文化素養的牧師嗎？」他問道。

「不知道，反正我討厭他。我聽過他講解喬托的畫。我討厭他。他心胸狹窄的本性根本藏不住。我**就是**討厭他！」

「我的老天哪，孩子！」霍尼徹奇太太說道：「我的頭都快爆炸了！到底有什麼事值得妳這樣大聲嚷嚷？我不許妳和賽希爾再去討厭任何牧師。」

他聽了微微一笑。露西忽然這麼義憤填膺地批判伊格先生，的確格格不入。就好像在西斯汀禮拜堂的天花板上，看見達文西的畫。他很想暗示她，說這不是她的天職所在，說女人的力量與魅力在於謎樣的氣質，而不在大聲吵吵嚷嚷。不過大聲吵嚷也許象徵了活力，雖然有損她的美，卻顯示她生氣勃發。片刻後，他注視著她泛紅的臉蛋與激動的手勢，已多了幾分認可，並按捺住情緒，不去壓抑青春的泉源。

大自然圍繞四周，他心想，這是最簡單的話題了。他開始讚美松林，讚美長滿蕨類的深湖，讚美點綴著深紅葉子的灌木叢，讚美實用而美麗的收費公路。野外的世界他並不熟悉，偶爾會將事實搞混。聽到他說落葉松四季長青時，霍尼徹奇太太的嘴角不由得抽動了一下。

「我認爲自己很幸運。」他下了這樣的結論：「在倫敦時，我以爲我永遠離不開那裡。到了鄉下，我又對鄉下有同樣感覺。總而言之，我真心覺得鳥、樹、天空是生命中最美好的事物，住在其中的人想必也是最好的。的確，這些人似乎十之八九都毫無所察。鄉下的仕紳與勞動者，各以不同的方式讓人倍感沉悶。但他們可能對大自然的運作有一種不言而喻的共鳴，這是我們城市人所沒有的。妳有嗎，霍尼徹奇太太？」

霍尼徹奇太太嚇一跳，微微笑了笑。她沒有注意聽。賽希爾坐在馬車前座已是十分擁擠，見狀更感到氣惱，便決定再也不說什麼有趣的事了。

露西也沒在聽。她皺著眉，看起來仍舊氣憤不已，他認定這是剛才作了太多道德批判的結果。看到她對八月的森林美景視若無睹，真叫人傷心。

「下來吧，少女，從遠方高山上。」他引述丁尼生的詩句，同時用膝蓋輕碰她的膝蓋。

她又紅了臉，問道：「什麼高山？」

「下來吧，少女，從遠方高山上

高山生活有何樂趣（牧童唱道）

只有高聳雲霄的壯麗山巒

「我們就聽霍尼徹奇太太的建議，不要再討厭神職人員了。這裡是什麼地方？」

「當然是夏日街了。」露西說著振奮起來。

森林敞開成一片三角形的斜坡草地，兩側排列著漂亮小屋，較高處的正前方有一間新的石砌教堂，簡單而高貴，還有一座迷人的木瓦式尖塔。畢比先生就住在教堂附近，房子幾乎不比那些小屋高多少。鄰近處還有一些豪華大宅，只不過都隱匿在樹林間。

這幅景象與其說是閒散富人的聖地核心，倒更像瑞士的高山區，只可惜有兩棟花園小屋破壞了景觀。這兩棟小屋曾與賽希爾的訂婚消息較量過，因爲哈利・奧特威爵士得到小屋的那天下午，他也得到了露西。

兩棟屋子分別命名爲「西西」與「亞伯特」。屋名不僅以帶有陰影的哥德字體裝飾在花園大門，還以正體大寫字母順著入口的半圓形曲線，再次出現在門廊上。亞伯特住了人，那個飽受折磨的花園裡又是天竺葵與半邊蓮，又是亮晶晶的貝殼，一片繽紛耀眼。每個小窗戶都拉上了樸素的諾丁罕蕾絲窗簾。西西則是待租。柵欄上垂掛著三塊多爾金仲介公司的告示牌，宣告著不令人訝異的事實。園子裡的小徑已長滿雜草，狹小的草坪滿是黃色蒲公英。

「這個地方完了！」女士們想都不想就說：「夏日街再也不同了。」

馬車經過時，西西的屋門正好打開，走出一位紳士。

「停車！」霍尼徹奇太太喊道，並用陽傘碰碰車夫：「是哈利爵士。問他就知道了。哈利爵士，請立刻拆了這些房子！」

哈利・奧特威爵士（此人無須贅述）來到馬車旁，說道：

「霍尼徹奇太太，我也想啊！可是我做不到，我真的沒辦法把富列克小姐趕出去。」

「我說得沒錯吧？她早該在簽約前就搬走的。她還是跟她侄子那時一樣，白住在這裡嗎？」

「但我又有什麼辦法呢？」他放低聲音說：「一位老太太，沒有一點身分地位，還幾乎臥病不起。」

「趕她出去。」賽希爾無畏地說。

哈利爵士歎了口氣，哀傷地看著兩棟小屋。早就有人一再警告他富列克先生的意圖，他原本可以在蓋房子以前買下土地，偏偏他不當一回事，一直拖拖拉拉。他在夏日街已住了多年，怎麼也想不到這裡會遭人破壞。直到富列克太太打下基石，紅色與乳白磚牆如幽靈般層層疊起，他才猛然警覺。於是他去拜訪富列克先生。這位地方建商非常通情達理，也極受敬重，他承認磚瓦屋頂確實較有藝術美感，但石板瓦比較便宜。然而關於科林斯柱，他大膽地提出不同看法。他個人認爲，與其讓這些柱子像水蛭一樣黏在弧形凸窗邊，倒不如讓屋子正面多一點裝飾。哈利爵士則暗示道，如果可能的話，應該讓柱子兼具支撐與裝飾的功能。富列克先生回答說，柱子都已經訂購了，並補充道：「而且所有的柱頭都不一樣，有葉飾龍紋，有類似愛奧尼亞柱的風格，還有刻上富列克太太名字的縮寫，各有特色。」因爲他讀過羅斯金的書。他依照自己的想法蓋房子，直到他讓動彈不得的姑媽住進其中一間，哈利爵士才買下這兩棟小屋。

爵士倚在霍尼徹奇太太的馬車旁，想到這筆徒勞無功又無利可圖的交易，難過不已。他未能對此鄉間地區盡責，鄉人也都在嘲笑他。雖然花了錢，夏日街依然被糟蹋了，如今他唯一能做的就是爲西西找到理想房客，真正能令大家滿意的房客。

「房租低得不像話，」他告訴他們：「而我應該也算得上好房東。不過房子的大小有點麻煩。對農民來說太大，對至少像我們這樣的人來說又太小。」

賽希爾一直在猶豫著，究竟該瞧不起這兩棟小屋，或是瞧不起那個瞧不起小屋的哈利爵士。看來後者似乎能得到更多成效。

「您應該馬上就能找到房客。」他惡意地說：「對銀行員來說，這可是完美的天堂。」

「一點也沒錯！」哈利爵士激動地說：「我就怕這樣，維茲先生，我怕會招來不恰當的人。現在火車運輸已有進步，在我看來，這是致命的進步。何況，騎五哩路的腳踏車到車站又算得了什麼？」

「那麼這位行員得很拚命呢。」露西說。

充分具有中世紀人促狹心態的賽希爾回道，中下階層人士在體力方面的進步速度驚人。她聽得出他是嘲笑他們這位無辜的鄰居，便挺身阻止他。

「哈利爵士！」她高聲喊道：「我有個主意。您覺得年長的未婚女士如何？」

「親愛的露西，那再好不過了。妳有這樣的人選嗎？」

「有，是我在國外認識的人。」

「出身高貴嗎？」他試探地問。

「當然，而且目前沒有地方住。我上星期才收到她們來信，是泰瑞莎．艾倫小姐與凱瑟琳．艾倫小姐。我真的不是說著玩，她們是相當合適的人選。畢比先生也認識她們。我可以請她們寫信和您連絡嗎？」

「當然可以！」他高呼道：「沒想到難題就這麼解決了，真令人高興！增添設備，請告訴她們我會增添設備，因爲不用付仲介費用。唉，那些仲介公司啊！介紹的人都糟透了！有一名女子，我寫信去請她說明一下身分，這信當然寫得很委婉，她卻回信說她會預付租金。好像我有多在意租金似的！還有幾個人，一經打聽，也讓人非常不滿意，不是騙子就是爲人不正派。喔，對了，還有詐欺！上星期我就看到不少這類的黑暗面。連一些前途無量的人都作詐騙！親愛的露西，詐欺啊！」

她點點頭。

「依我說，」霍尼徹奇太太插嘴道：「還是不要和露西那兩位沒落的淑女扯上關係比較好。這種人我知道，以前過過好日子，帶著一堆傳家寶，把房子塞得全是霉味，我可不想跟她們打交道。雖然可憐，但我寧願租給正在往上爬的人，也不租給走下坡的人。」

「我大概明白您的意思，」哈利爵士說：「但誠如您所說，這樣真的很可憐。」

「兩位艾倫小姐不是這樣的人！」露西喊道。

「是，她們是！」賽希爾說：「我沒見過她們，但我還是要說，讓她們搬到這裡來非常不合適。」

「別聽他的，哈利爵士……他真麻煩。」

「麻煩的人是我。」爵士回答道：「我不該拿自己的煩惱來叨擾年輕人。只是我真的很擔心，而奧特威夫人只會叫我一定要多加小心，此話固然沒錯，卻幫不上什麼忙。」

「那麼我可以寫信告訴艾倫小姐嗎？」

「拜託妳了！」他喊道。

但是他眼神隨即閃爍起來，因爲霍尼徹奇太太嚷嚷：

「小心點！她們一定養了金絲雀。哈利爵士，您可得留意金絲雀，牠們會把種子從鳥籠縫隙間吐出來，老鼠也就跟著來了。總之，女人都得當心。租給男人就好。」

「真的嗎……」他有風度地低聲說，但也覺得她的話頗有道理。

「男人不會在喝茶的時候嚼舌根。要是他們喝醉了，只會有一個結果，就是舒舒服服地躺下來，靠睡眠醒酒。就算是粗魯的人也不太會影響別人，話不會那麼容易傳開來。所以我選擇男人，不過，當然了，得是愛乾淨的人才行。」

哈利爵士不由得臉紅。聽她如此公然讚美男人，他和賽希爾都感到不自在。儘管邋遢的人被排除在外，他們也不覺得有多大差別。於是他向霍尼徹奇太太提議，若是有空，不妨下車親自到西西看一看。霍尼徹奇太太欣然接受。她天生注定命窮，只能住這樣的房子。而她向來很喜歡布置家裡，尤其是小規模的布置。

賽希爾見露西也要隨母親前去，急忙拉住她。

「霍尼徹奇太太，」他說道：「我們倆想走路回家，就不陪您了，好嗎？」

「當然好了！」她由衷地回答。

能夠擺脫他們兩人，哈利爵士好像也樂得輕鬆。他會意地對他們微笑說：「啊哈！年輕人啊，年輕人，年輕人！」然後急忙去開門鎖。

「粗俗得無可救藥！」幾乎還沒走遠，賽希爾便大聲地說。

「賽希爾！」

「我實在忍不住。不討厭那個男人是不對的。」

「他是不聰明，但人真的很好。」

「不，露西，他象徵著鄉村生活中所有粗鄙的事。在倫敦，他會有自知之明。他會去加入蠢人俱樂部，而他妻子會舉辦一些蠢人餐會。可是在這裡，他卻靠著附庸風雅、略施小惠和一套低俗美學，自以爲像個小天神，把每個人騙得團團轉，連妳的母親也不例外。」

「你說的倒也沒錯。」露西雖這麼說，卻感到喪氣。「我在想……這有那麼重要嗎？」

「太重要了。哈利爵士就是那場庭園聚會的本質。唉，天哪，真是叫人生氣！我多希望他會找到一個粗俗的房客，一個粗俗到讓他不得不發現的女房客。**高貴人士**！呸！就憑光頭又沒下巴的他！不過算了，先不管他。」

露西求之不得。如果賽希爾不喜歡哈利爵士和畢比先生，那麼誰能保證她真正在乎的人能逃過相同命運？例如佛萊迪。佛萊迪既不聰明又不細膩也不好看，難保賽希爾不會隨時說出「不討厭佛萊迪是不對的」。到時她該怎麼回應？除了佛萊迪，她沒有再往下想，光是他就夠讓她焦慮了。她只能安慰自己，賽希爾和佛萊迪也認識一段時間了，一直處得還不錯，也許只有這幾天例外，也許這只是偶發的意外。

「我們要走哪條路？」她問他。

大自然圍繞四周，她心想，這是最簡單的話題了。夏日街深入森林，她來到公路與一條小徑的交叉口，停下腳步。

「有兩條路嗎？」

「我們這身盛裝，走大路可能比較好。」

「我寧可穿過樹林。」賽希爾說，語氣中隱含一絲氣惱，她早已留意到他整個下午都是這樣。

「露西，妳爲什麼老是挑大路走？妳知不知道，自從我們訂婚以後，妳從來沒和我一起走過田野或樹林？」

「真的嗎？那麼，樹林好了。」露西對他的古怪態度感到詫異，但確信他稍後會向她解釋。語意不明而讓她心懷疑慮，並不是他的作風。

她帶路走進低吟的松林。果不其然，才走了十公尺，他就開口解釋了。

「我有個感覺，妳和我待在室內時好像比較自在，想必是我多心了。」

「室內？」她重複他的話，滿心困惑。

「是的。或者頂多是花園裡，或道路上。總之絕不是在真正的鄉間，像現在這裡。」

「賽希爾，你到底在說什麼？我從來沒有那種感覺。你把我說得像個女詩人似的。」

「原來妳不是。我會把妳和風景聯想在一起，一種特定的風景。妳何不把我和廳室聯想在一起？」

她沉吟片刻之後，笑著說：

「你知道嗎？你說得對，我的確是這樣。看來我還真是個女詩人。我想到你的時候，背景好像總是在室內。多有趣呀！」

出乎她意外的是，他好像生氣了。

「請問是客廳嗎？看不到風景的？」

「對，看不到風景。有何不可？」

「我寧願妳把我和野外聯想在一起。」他語帶責備地說。

她又說：「賽希爾，你到底是什麼意思？」

見他不答話，她於是拋開這個對女孩而言過於困難的話題，帶著他繼續往樹林深處走，偶爾遇到特別美麗或熟悉的樹叢，便停下腳步。自從能夠獨自出外散步後，她就經常到夏日街與風之隅中間的這片樹林來。當佛萊迪還是個臉蛋紅通通的孩童時，她常常故意讓他在林子裡迷路。雖然如今的她已去過義大利，這片樹林仍絲毫不減魅力。

不久，他們來到松林間一塊小空地，又是一片小小的、青翠的瑞士高山景象，只是這裡幽寂寧靜，中央還有一小潭池水。

她高呼一聲：「是聖湖！」

「爲什麼叫它聖湖？」

「我也不記得原因了，大概是某本書上寫的吧。現在只是個小水塘，不過你看到流過水塘的那條小溪了吧？每當大雨過後都會有大量的水湧進來，一下子排不出去，這池子就會變得又大又美。以前佛萊迪常常來泡水，他很喜歡這裡。」

「那妳呢？」

他是想問「妳喜歡這裡嗎？」她卻如夢囈般回答：「我也會來泡水，可是後來被發現了，還挨了一頓罵。」

換作其他時候，他可能會大感震驚，因爲他骨子裡是個非常拘謹的人。但此刻他一時沉迷於野外氛圍，因此很高興見到她如此純真的一面。他注視著站在池邊的她，如她自己所說，一身盛裝。他覺得她好像一朵鮮豔的花，沒有葉子，就這麼從萬綠叢中倏然綻放。

「妳被誰發現了？」

「夏綠蒂，」她低聲說：「她當時住在我們家。夏綠蒂……夏綠蒂。」

「真可憐！」

她嚴肅地笑了笑。他心裡有個盤算，到現在始終不敢付諸行動，如今時機似乎成熟了。

「露西！」

「是啊，我想我們也該走了。」她回答。

「露西，有個請求我從未向妳提過。」

聽他說得認真，她率直而溫柔地走向他。

「什麼請求，賽希爾？」

「到現在爲止，我從來沒有……即使那天妳在草坪上答應我的求婚，我也沒有……」

他忽然害羞起來，眼睛左右瞄來瞄去，擔心有人在看他們。他的勇氣消失了。

「怎麼樣？」

「我到現在都還沒有吻過妳。」

她頓時滿臉通紅，彷彿他說了什麼粗鄙下流的話。

「是……是沒有。」她支支吾吾地說。

「那麼請問……現在可以嗎？」

「當然可以了，賽希爾。以前就可以了。你也知道，我又不可能跑掉。」

在這最緊要的關頭，他卻只覺得荒謬可笑。她的回答並不恰當。掀開面紗之時，卻一本正經。在他湊上去之前，還有一瞬間希望自己能退縮。兩人臉頰相碰時，更把他的金色夾鼻眼鏡給撞歪、壓扁了。

這就是他們的吻。他覺得十分失敗，事實也是如此。熱情應該是難以抗拒的，什麼禮數、體貼等等優雅教養的詛咒，都該拋到腦後。最重要的是，當你擁有權利時，就不該再請求許可。他爲什麼不能像勞動階級或粗工那樣……不對，應該說像那些坐櫃台的年輕人一樣？他將方才那一幕在腦中重演一次。露西像朵花似的站在水邊，他衝上去抱住她，她先是斥責，接著應允，然後從此對他的男子氣概仰慕不已。他認爲，女人都會仰慕有男子氣概的男人。

僅僅表達了這麼一次的情意之後，他們便默默離開水塘。他等著她說點什麼，好讓他得知她內心的想法。過了許久，她終於以恰如其分的嚴肅神情開口了。

「他姓愛默生，不是哈里斯。」
「誰？」
「那位老先生。」
「哪位老先生？」
「我跟你提過的，就是伊格先生對他很苛薄的那位。」
他不可能知道，這是他們之間最親密的一次談話。

第十章

展現幽默的賽希爾

賽希爾打算將露西從她原來那個不怎麼高尚的社交圈拯救出來，但其實以她的出身，還配不上這個圈子。她父親在地方上堪稱成功的律師，當初這個地區開始開發時，他建造風之隅作爲投資，蓋完後卻愛上這個傑作，最後乾脆自己住進去。在他婚後不久，社區風氣逐漸改變。有人把房子蓋在南側陡坡邊上，接著又有人把房子蓋在後面的松林裡，以及北邊如屏障般的白堊丘陵地上。這些房子多半比風之隅更大，住在裡頭的人都不是本地人，而是來自倫敦的人，他們誤以爲霍尼徹奇家是當地的貴族後裔。霍尼徹奇先生有點害怕，但他妻子卻不卑不亢地接受了這個情況。她會說：「我不知道別人怎麼樣，可是對孩子們來說，這是天大的幸運。」她到處造訪鄰居，鄰居也熱情回禮，等到後來大家發現她和他們其實不屬於同一個圈子，卻還是喜歡她，這件事似乎也就不重要了。霍尼徹奇先生去世時十分心滿意足，因爲他讓家人在他們所能企及的最上流的社交圈中扎了根。凡是苦幹實幹的律師，幾乎都不會小覷這份滿足感。

他們所能企及的最上流。其實許多外來的人都相當無趣，尤其從義大利回來後，露西的感受更加強烈。在此之前，她都毫無質疑地接受他們的理想典範：他們的友善富裕，他們的溫和信仰，他們對紙袋、柳橙皮與破瓶子的嫌惡。她是個徹頭徹尾的激進分子，後來談到都會郊區總會帶著厭惡。她所費神想像出來的生活，就是一個親切富人的圈子，大家有共同興趣與共同敵人。人們在圈子裡思考、結婚、死亡。圈子外則是不停試圖滲透到圈內的貧窮與粗鄙，一如倫敦的霧從北邊山陵的缺口湧入，試圖滲進松林來。但是在義大利，只要你願意，便能在平等中獲得溫暖，就像晒太陽一樣，因此她原本對生活的想法也消失了。她的感受變得開闊，好像每個人終究都有令她喜歡的地方；社會的屏障無疑是難以移除的，但並不是特別高。跳過這些屏障，就像跳進亞平寧山區的某座橄欖園，農家主人會高興地接待你。於是她帶著新的眼界回國。

賽希爾也一樣，只不過義大利沒有讓他變得更寬容，而是更易怒。他發現地方社交圈很狹窄，但他不是說出「這有什麼要緊的？」，而是心生反感，企圖以他所謂「寬廣的社交圈」取而代之。他沒有察覺，露西已將自己的生活環境視為神聖不可侵犯，因為與鄰人之間那千百次小小的禮尚往來，終究讓她生出了柔軟的心，儘管她看見了這個圈子的缺點，也不肯完全鄙視它。他也沒有察覺更重要的一點：若要說露西太優秀，不適合這個社交圈，那麼她也優秀到不適合任何社交圈，以她目前的境界，只有私人的感情交流才能滿足她。她是叛逆，卻不是他所了解的那種叛逆，她渴望的不是更寬敞的房子，而是能與心愛的男子平等相待。因為義大利賦予了她世上最寶貴的資產，那就是屬於她的靈魂。

陪米妮．畢比，畢比牧師的侄女，她十三歲，玩擊球遊戲，這是一種古老又非常高尚的運動，就是將網球打上高空，讓球落到網子另一邊，然後高高彈起；有幾次球打中霍尼徹奇太太，有幾次球丟了。這句話說得顛三倒四，卻更能貼切地反映出露西的心神狀態，因為她正邊打球邊和畢比先生說話。

「唉，真是討厭，先是他，然後是他們，誰也不知道他們想怎樣，每個人都好麻煩。」

「不過她們真的要來了，」畢比先生說：「幾天前我給泰瑞莎小姐寫了信，她想知道肉販多久來一次，我回信說一個月一次，她想必十分滿意，所以她們要過來了。我今天早上收到她們的來信。」

「我一定會很討厭那兩位艾倫小姐！」霍尼徹奇太太大聲地說：「只因爲她們又老又蠢，我們就得說『好貼心啊！』我也討厭她們老是說『如果……』、『但是……』、『而且……』。可憐的露西，爲她們勞神勞力，都瘦得不成樣了，但也是她活該。」

畢比先生看著那個瘦得不成樣的人，在網球場上又叫又跳。賽希爾不在，要是他在的話，她們就不會玩這個遊戲了。

「如果她們要來的話……不，米妮，別拿土星。」土星是一顆半脫皮的網球，飛動時會出現一個圍繞球體的環圈。「如果她們要來，哈利爵士會讓她們在二十九號以前搬進去，而且他會去掉合約中粉刷天花板的條款，因爲這個條件讓她們很緊張，另外也會加入合理折舊損耗的條款。那一球不算。我就叫妳別用土星。」

「玩這種網球遊戲，用土星沒關係。」佛萊迪一邊高喊，一邊加入她們。「米妮，妳別聽她的。」

「土星彈不高。」

「土星彈得夠高了。」

「不，不夠。」

「它至少彈得比美麗白魔王高。」

「親愛的，別說了！」霍尼徹奇太太說。

「可是你們看露西，嘴裡抱怨土星，手裡卻一直拿著美麗白魔王，還準備要發球了。對了，米妮，攻擊她……拿球拍打她小腿骨……打她的小腿骨！」

露西摔倒了，美麗白魔王從她手中滾落。

畢比先生拾起球說：「拜託，這顆球的本名叫維多莉亞．科隆波納。」但他的糾正無人理會。

佛萊迪具有激怒小女孩的高超能力，不到半分鐘，米妮就從乖巧文雅的小孩，變成又吼又叫的野丫頭。待在屋裡的賽希爾聽見了，雖然他有許多有趣的消息，卻因為擔心受傷而沒有到球場來分享。他倒不是怯懦，也和所有男人一樣能承受必要的痛苦，只是他討厭年輕人劇烈的肢體動作。他的想法對極了！最後果然是以一聲哭喊結束。

「真希望那兩位艾倫小姐能看到這一幕。」畢比先生說道，因為露西本來在為受傷的米妮包紮傷口，卻被弟弟一把抱起來。

「艾倫小姐是誰？」佛萊迪喘著氣說。

「就是租下西西小屋的房客。」

「不是姓這個啊……」

這時他腳下一滑，三人一齊跌在草地上，哈哈大笑起來。過了一段時間，當佛萊迪將頭枕在姐姐腿上時，露西問道：「你說不是姓什麼？」

「艾倫，哈利爵士的房客不姓艾倫。」

「胡說八道，佛萊迪！你根本什麼都不知道。」

「妳才胡說！我剛剛才遇見他，他跟我說：『嗯哼！霍尼徹奇』」——佛萊迪的模仿能力不太高明——「『嗯哼！嗯哼！我終於找到非常令——人——滿——意的房客了。』我說：『太棒了，老大哥！』還拍拍他的背。」

「沒錯，就是艾倫姐妹吧？」

「不是，比較像是安德森。」

「唉，老天爺，事情該不會又搞得一團亂！」霍尼徹奇太太嚷嚷道：「妳看，露西，又被我說中了吧？我**就說**別去管西西小屋的事。每次都被我說中，老是這麼有先見之明，我自己都覺得不安。」

「那只是佛萊迪又來搗亂。佛萊迪說是別人租了房子，卻連他們姓什麼都不知道。」

「我知道，我想起來了，叫愛默生。」

「姓什麼？」

「愛默生。隨便妳想賭什麼都好。」

「哈利爵士真是反覆無常。」露西輕聲地說：「早知道我就別多管閒事。」

說完，她便仰躺在地，定睛看著無雲的天空。對她好感日益加深的畢比先生，小聲地對侄女說：如果遇上什麼小問題，就該像**這樣**反應才對。

同一時間，新房客的姓氏也轉移了霍尼徹奇太太的注意力，她不再耽溺於自己的高超能力。

「你說愛默生嗎，佛萊迪？你知不知道這個愛默生是什麼樣的人家？」

「我連他們到底是不是姓愛默生都不知道！」佛萊迪反駁。他是個有民主精神的人，他也和姐姐、和大多數年輕人一樣，自然而然受到平等觀念吸引，但社會上有各式各樣的愛默生，這是不容否定的事實，不禁令他氣惱不已。

「我相信他們是合適的人。好啦，露西，」——她正要重新坐起來——「我知道妳打從心裡瞧不起妳母親，覺得她是個勢利眼。可是本來就有合適和不合適之分，硬要假裝沒這回事，未免太矯情了。」

「愛默生這個姓很普遍。」露西說。

她往側邊望去。她坐在一處岬角上，可以看見一座又一座松林密布的岬角漸次朝遠方的威爾德地區延伸而去。愈往花園深處走，這片側面景觀愈是美麗壯闊。

「佛萊迪，我只是想說，那個美國哲學家愛默生非常惹人厭，但我相信他們和他沒有親戚關係。請問這樣你滿意了嗎？」

「滿意，」他嘟噥著說：「妳也會滿意的，因爲他們是賽希爾的朋友，所以，」——他刻意挖苦露西——「妳和其他的鄰里友人大可以放一百二十個心登門拜訪。」

「**賽希爾？**」露西驚呼道。

「說話別這麼失禮，親愛的。」母親語氣平靜地說：「露西，不要尖叫，妳怎麼養成這種壞習慣了？」

「可是，難道賽希爾……」

「賽希爾的朋友，」他又重複一遍。「所以非常令——人——滿——意。嗯哼！霍尼徹奇，我剛剛給他們發了電報。」

她從草地上站起來。

露西難以置信。畢比先生非常同情她。當她以爲自己推薦的艾倫小姐受到拒絕是哈利爵士的決定，也就乖乖地逆來順受了。但一聽說未婚夫也插了手，她當然有理由「尖叫」。維茲先生喜歡戲弄人，甚至不只是戲弄，他會橫加阻撓，破壞別人的好事，並因此幸災樂禍。牧師知道這一點，看著霍尼徹奇小姐的眼神也就比平時更溫柔了。

當她高喊道「但賽希爾的愛默生……不可能就是他們吧……不會吧……」他並不覺得奇怪，反而認爲可以趁機轉移話題，讓她平復一下心情。於是他這麼說：

「妳是說佛羅倫斯那兩位愛默生先生嗎？不，我想不會是他們。要說他們是維茲先生的朋友，恐怕差太遠了。啊！霍尼徹奇太太，那兩位可真是怪人！奇怪到了極點！不過我們倒是挺喜歡他們的，對吧？」他轉向露西說：「當時還爲了幾朵紫羅蘭大鬧了一場！他們去摘了紫羅蘭，把艾倫小姐房裡的花瓶全部插滿，就是沒能住進西西小屋的那兩位艾倫小姐。可憐這兩位小老太太！簡直又驚又喜！這也是凱瑟琳小姐最愛說的故事之一。她每次開頭都是：『我姐姐最喜歡花了。』接著她們發現整個房間都變成藍色，花瓶和水壺全部都是，因此故事的結尾總是『那麼粗野無禮，卻又那麼漂亮，實在太教人爲難了。』沒錯，每次想到佛羅倫斯那兩位愛默生先生，我就會想到紫羅蘭。」

「『花瓶』這次可把妳整慘了。」佛萊迪說，卻沒發現姐姐已滿臉緋紅。她仍無法平復情緒，畢比先生看出來了，便繼續轉移話題。

「這兩位愛默生先生是一對父子，兒子雖然稱不上優秀，倒是長得俊秀，而且應該不笨，就是很不成熟，有點悲觀之類的。不過父親特別討人喜歡，是個多愁善感又可愛的人，聽說他殺害了自己的妻子。」

平常，畢比先生絕不會嚼這種舌根，但現在眼看露西有點小麻煩，爲了保護她，不管想到什麼無聊的話他都會說。

「殺害妻子？」霍尼徹奇太太說：「露西，別走啊！繼續打網球。說真的，那個貝托里尼旅館也太怪異了。這是我聽說過第二個住在那裡的殺人犯。夏綠蒂到底是怎麼回事，竟然挑那種地方住？對了，我們真該找個時間請夏綠蒂來玩。」

畢比先生想不起來還有另一名殺人犯。他向女主人暗示，應該是她弄錯了。她一聽立刻激動起來，說她非常確定另一個遊客也有同樣情形，只是一時記不起名字。叫什麼來著？哎呀，到底叫什麼來著？她緊抱著膝蓋，努力回想。好像和薩克萊小說裡的某個人物同名。她邊想邊敲著那顆家庭主婦腦袋的前額。

露西問弟弟，賽希爾在不在？

「妳別去！」他大喊，同時試圖抓她腳踝。

「我非去不可。」她正色說道：「別鬧了，你老是玩過頭。」

她離開時，母親大叫一聲「哈里斯！」原本平靜的空氣震顫起來，也讓她想起自己撒了謊，而且始終沒有更正。這個謊一點意義也沒有，卻攪得她心神不寧，還把賽希爾的朋友愛默生一家人和一對來路不明的觀光客聯想到一塊兒去了。以前的她，總是很自然地將實話脫口而出。看來以後得更謹慎小心，要……毫無隱瞞嗎？總之，不能說謊就是了。她匆匆穿過花園，臉上仍因羞愧而泛紅。她相信，只要賽希爾說句話，就能撫平她紛亂的心。

「賽希爾！」

「哈囉！」他從吸菸室的窗口探出身來，大聲招呼，看起來心情極好：「我正希望妳會來。我聽到你們在那邊吵吵鬧鬧，但其實這裡有更有趣的事。我呀，就連區區在下我，都爲喜劇繆思打了一場漂亮的勝仗。喬治·梅瑞迪斯說得沒錯，喜劇與真理其實具有同樣根據。而我，就連區區在下我，都爲多苦多難的西西小屋找到了房客。別生氣！別生氣！等妳聽完整個來龍去脈，就會原諒我了。」

容光煥發的他顯得魅力十足，立刻驅散了她荒謬的不祥預感。

「我聽說了，」她說：「佛萊迪已經告訴我們。賽希爾，你好壞！看來我也只能原諒你。真沒想到我忙了老半天，卻是白忙一場！那兩位艾倫小姐的確有點煩人，我寧可讓你的好友來住。不過你也不應該這樣捉弄人。」

「我的朋友？」他笑著說：「露西呀，最好笑的事還在後頭！妳過來。」但她站在原地沒動。

「妳知道我是在哪裡遇見這兩位令人滿意的房客嗎？在國家美術館，就在上星期我去看望母親的時候。」

「在那個地方遇見，也太奇怪了！」她緊張地說：「我不太明白。」

「在溫布利亞展覽室。是素不相識的人。他們正在欣賞盧卡．西紐雷利的畫，其實挺蠢的。總之，我們聊了起來，聊得我整個人精神都來了。他們居然去過義大利。」

「可是賽希爾……」

他興高采烈地接著說：

「交談中，他們提到想找一間鄉下小屋，是父親要住的，兒子則是週末才過來。我心想：『這可是整治哈利爵士的大好機會！』於是我記下他們的地址和倫敦的一位保證人，發現他們不是什麼無賴——太有意思了——然後寫信給那位保證人，想問清……」

「賽希爾！這太不合理了！我很可能認識他們……」

他用聲音壓制了她。

「完全合理。只要能懲罰勢利的人，都是合理的。那個老人會爲鄰近地區帶來莫大好處。哈利爵士想找什麼『沒落的淑女』，太令人作嘔了。我本來就想找機會教訓他一番。不行呀，露西，社會階級必須融合，妳很快就會同意我的想法了。階級之間應該要通婚，諸如此類。我支持民主……」

「不，你沒有。」她厲聲說道：「你根本不知道什麼叫民主。」

他瞪著露西看，再一次感到她並不像達文西的畫中人。「你沒有！」她臉上毫無藝術氣息，活像個罵街的潑婦。

「你太過分了，賽希爾。這要怪你，全都要怪你。你沒有權利破壞我爲艾倫小姐她們做的安排，你讓我好丟臉。你說這是在整治哈利爵士，但你知不知道受害的人是我？你實在太不講道義了。」

她說完隨即離去。

「暴躁！」他揚起眉毛，心中暗想。

不，不只是暴躁，而是勢利。原本露西以爲取代艾倫小姐的是他上流社會的朋友時，她並不在意。他認爲這兩位新房客也許能發揮教育功能。他決定對那位父親寬容些，並設法讓沉默寡言的兒子開口。爲了喜劇繆思與真理，他要帶領他們進入風之隅。

第十一章　在維茲太太的豪華公寓

喜劇繆思雖然有能力做好自己份內的事，但維茲先生的幫助卻不容小覷。繆思認爲，他想帶愛默生父子進入風之隅確實是絕佳的主意，便順水推舟，讓他們的交涉毫無阻礙。哈利爵士簽了約、見了愛默生先生，後者當然很失望。而兩位艾倫小姐當然很生氣，並給露西寫了一封義正辭嚴的信，因爲她們認爲露西要爲事情的失敗負責。畢比先生安排了一些歡迎新鄰居的計畫，並告訴霍尼徹奇太太，等他們一到，就讓佛萊迪立刻登門拜訪。喜劇繆思確實神通廣大，她就這樣讓那個哈里斯先生（他從來就不是個強硬的罪犯）垂下頭，遭人遺忘，默默死去。

露西從光明的天堂降落塵世，因爲這裡有山，所以有影子。一開始她跌入絕望深淵，但略經思考後覺得這根本無所謂，心才安定下來。既然她已經訂婚，愛默生父子幾乎無法再無禮地對待她，因此他們當然可以搬來。賽希爾想引介誰搬到這裡來當然都行，因此他當然也可以引介愛默生父子。但是我也說了，這事經過了一番思考，偏偏女孩的思緒太沒有條理，她愈想愈覺得事關重大而可怕。幸好她即將啟程去造訪維茲太太，房客搬進西西小屋時，她已安安穩穩地待在倫敦公寓。

「賽希爾……親愛的賽希爾。」抵達倫敦的晚上，她一面輕聲呼喚，一面鑽進他的懷裡。

賽希爾也同樣真情流露。他發現那不可或缺的熱情之火在露西心中點燃了。她終於渴望被關愛，女人就該如此；她終於開始仰慕他，因爲他是男人。

「妳真的愛我嗎，小親親？」他喃喃說道。

「噢，賽希爾，是真的，是真的！要是沒有你，我該怎麼辦？」

幾天過去。她收到巴特雷特小姐的來信。

這對表姐妹關係忽然變得冷淡，自從八月分手後，她們就沒有通過信。這份冷淡是從夏綠蒂所謂的「逃往羅馬」之後開始的，在羅馬期間，加劇的程度更出乎意料。因爲在中古世界裡，這個同伴只是志趣不相投，到了羅馬的古典世界，卻變得令人惱火。參觀古羅馬廣場時，夏綠蒂那處處爲人設想的態度，就算脾氣比露西好的人恐怕都受不了，後來去到卡拉卡拉浴場，她們甚至懷疑這趟旅程是否還能繼續。露西說她要與維茲母子同行，維茲太太與她母親是舊識，本無不妥，但巴特雷特小姐卻回答，她已經十分習慣突然被拋棄了。最後沒發生什麼事，可是兩人之間依然冷淡，而此時露西拆信讀完後，感覺與表姐更疏遠了。信是從風之隅轉來的。

親愛的小露西：

終於聽到妳的消息了！賴維許小姐在你們那一帶騎自行車遊賞，因為怕太過唐突而沒有登門拜訪。她在夏日街附近刺破了輪胎，等候修補時，她愁容滿面地坐在那個美麗的教堂庭院裡，沒想到對面屋子的門打開，竟然看見年輕愛默生走出來。他說他父親租下了那棟屋子，**說**他不知道妳住在附近(？)。他始終沒有請伊蓮娜進屋去喝杯茶。親愛的露西，我很是擔心，我建議妳將他當初的行為，向妳母親、佛萊迪與維茲先生全盤托出，好讓他們禁止他踏進家門等等。那件事真是大不幸，想必妳已經告訴他們了。維茲先生是個很敏感的人，我還記得在羅馬的時候，我老是惹得他心煩。對這一切我深感遺憾，若不提醒妳一聲，怎麼都難以心安。

相信我
妳憂心忡忡又愛妳的表姐
夏綠蒂

九月於坦橋井

露西萬分氣惱，回信如下：

親愛的夏綠蒂：

十分感謝妳的提醒。當初愛默生先生在山上做出忘我的舉動時，妳要我答應不告訴母親，妳說她會怪妳沒有隨時陪著我。我遵守了那個承諾，現在更不可能說出來了。我對她和賽希爾說，我在佛羅倫斯認識了愛默生父子，他們都是正派的人（我**的確**這麼認為），而他之所以沒有請賴維許小姐喝茶，很可能是因為他家裡沒有茶。她應該去找教區長的。事到如今我也不可能再小題大作，否則未免太荒謬。如果我抱怨的事傳到愛默生父子耳裡，他們會以為自己很重要，但事實上根本不是如此。我很喜歡那位老父親，也期待能再見到他。至於兒子，我們再見面時，我會為**他**感到難過，而不是為我自己。賽希爾也認識他們，他現在很好，前幾天還提到妳。我們預定在一月完婚。

賴維許小姐不可能告訴妳太多關於我的事，因為我人不在風之隅，而是在這裡。以後請不必在信封上註記「親啟」二字，沒有人會拆我的信。

妳親愛的L·M·霍尼徹奇
於倫敦西南區畢勤華廈

守密有個壞處，會讓人失去判斷輕重緩急的能力，因此我們開始分辨不出自己的祕密重不重要。露西與表姐密談的事究竟是大是小？假如賽希爾得知了，是會就此毀了一生，還是會一笑置之？巴特雷特小姐認爲是前者。也許她說得沒錯，這件事現在已變成大事。若是由著自己的性子，露西會老老實實向母親與未婚夫坦承，那麼這依然只是件小事。坦白說出「是愛默生，不是哈里斯」；這只不過是幾個星期前的事。就連此刻，當他們笑談著賽希爾在學校時曾拜倒在哪位美女的石榴裙下，露西也想告訴他。誰知話到嘴邊，她總會出現十分可笑的舉止動作，於是就不說了。

她和她的祕密又在倫敦的偏僻地區多待了十天，這期間他們去遊訪了一些後來非常熟悉的地方。賽希爾心想，雖然在高爾夫球場和荒野上見不到社交名流，但讓她多多了解社交圈的生活框架也無妨。天氣十分涼爽，對她沒有壞處。儘管季節不合適，維茲太太還是設法辦了一場晚宴，而且只邀請上流名門的孫子輩。餐宴的菜色很普通，但令露西印象深刻的是宴會上機智詼諧的言談間透著煩悶，人們好像對一切都感到厭倦。他們一開始興致高昂，到最後雖仍保持優雅風度，卻總會突然洩氣，隨後才又在捧場的笑聲中重拾話題。相較於這種氣氛，貝托里尼旅館與風之隅都同樣顯得粗俗，露西也因此看出，在倫敦的這段生活經歷，將會使她稍微遠離過去喜愛的一切。

這些名人的孫子輩請她彈鋼琴，她便彈了舒曼。當哀怨動人的樂音停止後，賽希爾高喊道：「現在彈首貝多芬吧！」她搖搖頭，又彈了一首舒曼。那旋律揚起，神妙卻徒勞。旋律中斷後再起，起了又斷，始終未曾從頭至尾一次完整展現。這種不完整所引起的哀傷（這哀傷往往屬於人生，但絕不該屬於藝術），在不連貫的樂句中顫動著，聽眾的神經也隨之顫動。在貝托里尼旅館蓋著罩布的小鋼琴前，她可不是這樣彈奏的，她回旅館後，畢比先生暗自下的評語也不是「彈太多舒曼了」。

客人離去，露西也上床後，維茲太太在客廳裡來回走動，一面與兒子討論今天的小聚會。維茲太太是個好人，只是她和許多人一樣，自身的個性已被倫敦這片大沼澤所淹沒，因爲生活在這許多人之中，需要有強大的心理素質。她的命運軌跡實在太廣泛，已然將她壓垮。她所經歷的四季更迭、所見過的城市與人，早已多到她無力承受，即使和賽希爾在一起，她也毫不自覺地表現出他不只是一個兒子，而像是一群子女。

「讓露西成爲我們家的一分子吧。」她每說完一句話，就會機靈地環顧一下四周，並且用力地撐開嘴唇，直到說下一句話爲止。「露西變得愈來愈出色，太出色了。」

「她的琴藝向來很出色。」

「對，但是她正在慢慢去除霍尼徹奇家的不良習性……他們家的人都非常好，但你明白我的意思。她不會老是轉述僕人的話，也不會詢問布丁的做法。」

「這是義大利的關係。」

「也許吧。」她喃喃地說，不禁想到在她心目中象徵著義大利的那間博物館。「的確有此可能。賽希爾，明年一月你一定要娶她進門。她已經算是我們家的人了。」

「妳聽聽她的音樂！」他驚歎道：「看看她的風格！我像個笨蛋一樣想聽貝多芬，她卻還是堅持彈舒曼。今晚的場合，彈舒曼是對的。彈舒曼最恰當。母親，妳知道嗎？我就要把我們的孩子教育成露西這樣，讓他們在純樸的鄉間活潑健康地成長，然後送他們到義大利培養氣質，最後才讓他們到倫敦來。我不信任倫敦的教育方式……」他忽然住嘴，因爲想起自己便是接受倫敦的教育，隨後下了結論：「總之，對女人不合適。」

「讓她成爲我們家的一分子。」維茲太太又說了一遍，才回房就寢。

正當她快睡著時，露西的房裡傳出一聲驚叫，是作噩夢的驚叫聲。需要的話，露西可以按鈴叫女僕，但維茲太太覺得親自去看看比較周到。去了之後，她看見露西直挺挺地坐在床上，一手撫著臉頰。

「對不起，維茲太太……我作夢了。」

「噩夢嗎？」

「就是作夢。」

老太太面帶微笑親了親她，字字清晰地對她說：「親愛的，妳真該聽聽我們是怎麼談論妳的。那孩子從未如此欣賞妳。就夢這個吧。」

露西也親吻她做爲回禮，手卻仍撫著臉頰。維茲太太回房休息。賽希爾在打鼾，沒有被驚叫聲吵醒。整間公寓籠罩在黑暗中。

第十二章　第十二章

星期六午後，大雨剛過，一片陽光燦爛、生氣勃勃，雖然時序已經入秋，卻仍洋溢著青春氣息。優雅的一切獲勝了。汽車駛過夏日街，僅揚起些許灰塵，汽油臭味也很快就被風吹散，取而代之的是樺樹與松樹的雨後香氣。畢比先生斜倚在宿舍大門旁，怡然享受著閒暇時刻。佛萊迪則靠在他旁邊，抽著掛在脖子上的菸斗。

「我們去叨擾一下對面的新鄰居，如何？」

「嗯。」

「你可能會對他們感興趣。」

佛萊迪從來沒有對人類同胞感興趣過，便說新鄰居才剛剛搬來，可能有點忙，諸如此類。

「我認爲還是應該去叨擾一下。他們值得。」畢比先生說。他打開院子柵門的門閂，閒步穿過三角形草地，前往西西小屋。「有人在嗎？」他從敞開的門口向屋內喊道，可以看見裡面一團亂。

一個低沉的聲音回答：「您好！」

「我帶一個人來看你們。」

「我馬上下來。」

走道上擋著一個衣櫥，搬家工人沒把它搬上樓。畢比先生好不容易才側身擠了過去。客廳裡則是堆滿了書。

「他們很愛看書嗎？」佛萊迪小聲地問：「他們是那種愛看書的人嗎？」

「我想他們知道怎麼看書，這可是相當難得。有什麼書？拜倫，當然了。《什羅普郡少年》，沒聽過。《肉身之道》，沒聽過。吉朋，你好啊！親愛的喬治也懂德文呢。嗯……嗯……叔本華、尼采等等。看來你們這一代年輕人懂得還真不少，霍尼徹奇。」

「畢比先生，你看那個。」佛萊迪的口氣滿是驚愕。

在衣櫥的上沿，有人用不純熟的筆法題了一句話：「不可信任那些需要穿新衣的事業」。

「我知道。很有趣，不是嗎？我喜歡。這一定是老人家寫的。」

「他還真奇怪！」

「你應該也同意吧？」

但佛萊迪不愧是他母親的兒子，總覺得不應該破壞家具。

「有畫！」牧師繼續說道，雖然有書擋路，他仍快速地走來走去。「是喬托的畫……這一定是在佛羅倫斯買的。」

「和露西買的一樣。」

「喔，對了，霍尼徹奇小姐在倫敦過得如何？」

「她昨天回來了。」

「應該玩得很愉快吧？」

「非常。」佛萊迪說著拿起一本書。「她和賽希爾的感情更好了。」

「這真是好消息。」

「我要是能聰明點就好了，畢比先生。」

畢比先生並沒有理會。

「露西以前幾乎和我一樣笨，但母親覺得之後的情況會截然不同。她會讀各式各樣的書。」

「你也會。」

「只是醫學書而已，不是讀完後能談論的書。賽希爾正在教露西義大利語，還說她鋼琴彈得很出色，其中有許多我們從來沒注意到的東西。賽希爾說……」

「這些人到底在樓上做什麼？愛默生……我們還是改天再來好了。」

喬治跑下樓來，二話不說就把他們往屋裡推。

「我來介紹一下，這位是住在附近的霍尼徹奇先生。」

這時佛萊迪突然作出衝動的年輕人才會有的意外之舉。或許他是害羞，也或許是想表達友善，又或許是覺得喬治的臉需要洗一洗。總之他脫口就說：「你好，我們去泡個水吧。」

「喔，好啊。」喬治淡淡地說。

畢比先生覺得有趣極了。

「『你好，你好，我們去泡個水吧。』」他噗哧一笑。「我從來沒聽過這麼棒的開場白。不過恐怕只適用於男人之間。你們能想像某位女士經另一位女士介紹給第三位女士時，第一句的問候就說：『妳好，我們去泡個水』嗎？但你們卻跟我說男女平等。」

「我會這麼說。」正慢慢步下樓梯的愛默生先生說道：「午安，畢比先生。男女遲早會是平等的夥伴，喬治也這麼想。」

「難道要把女性提升到我們的水準？」牧師問道。

「想想伊甸園，」愛默生先生接續著說，一面繼續下樓。「大家把它歸於過去，其實它尚未到來。只有當我們不再鄙視自己的身體時，才會進入伊甸園。」

畢比先生否認自己將伊甸園歸於任何時代。

「其他方面不算，在這方面，我們男人比較進步。我們比較不像女人那麼鄙視身體。但除非我們成爲平等的夥伴，否則無法進入伊甸園。」

「喂，還要不要去泡水啊？」佛萊迪喃喃地說，一下子接觸到這麼大量的哲學言論讓他驚慌失措。

「我曾一度主張回歸大自然。但我們從未置身於大自然當中，又該怎麼回歸呢？今天，我認爲我們必須去發現大自然。經過多次征服後，我們就能反璞歸真，這是我們的天命。」

「我來介紹，這位是霍尼徹奇先生，他姐姐當時也在佛羅倫斯，您應該記得。」

「你好，非常高興認識你，謝謝你帶喬治去泡水。也非常高興聽到令姐的喜訊。婚姻是一種責任。相信她會過得幸福，因爲我們也認識維茲先生。他爲人非常親切，在國家美術館和我們巧遇後就安排了一切，讓我們能租下這間舒適的房子。不過希望我沒有惹哈利·奧特威爵士不快。因爲很難得遇見自由黨的地主，我也就迫不及待想聽聽他對狩獵法的看法與保守黨有何不同。啊，好舒服的風！你們還是去泡水得好。霍尼徹奇，你們這鄉下地方真好啊！」

「一點也不好！」佛萊迪嘟噥著說：「我必須……我是說我一定要……希望能有這個榮幸日後再來拜訪，我母親是這麼說的。」

「拜訪？孩子，這種無聊的客套話是誰教我們的？祖母才需要拜訪！你聽聽松林裡的風聲！你們這鄉下地方太好了。」

畢比先生連忙挺身相救。

「愛默生先生，他會來拜訪，我會來拜訪，您或令郎也會在十天內回訪。關於這十天的間隔，相信您已經知道。我昨天幫你們裝設樓梯地毯的壓桿孔，那天不算。他們今天下午去泡水，也不算。」

「好，去泡水吧，喬治。你怎麼還在這裡聊天浪費時間？待會兒帶他們回來吃午茶，順便買點牛奶、蛋糕、蜂蜜。這樣的改變對你有好處。喬治一直在辦公室裡辛苦工作，我不相信他的身體會好。」

喬治低著頭，滿身灰塵，臉色陰鬱，散發出像搬家工人的特殊味道。

「你真的想去泡水嗎？」佛萊迪問他：「你要知道，那只是個小池塘。我敢說你平常泡水的地方一定好得多。」

「我要去，我已經說要去了。」

畢比先生自覺有義務幫助這位年輕朋友，便帶頭走出屋子，進入松林。多美好的地方！有一會兒，愛默生先生的聲音還追在他們後面，又是祝福又是高談哲學。不久，聲音停了，只聽見和風吹拂著蕨類與樹木。

畢比先生可以保持沉默，卻受不了沉默的氣氛，只好拚命找話說。此行看似失敗了，因爲兩個同伴都悶不吭聲。他提起佛羅倫斯。喬治認真地聆聽，有時會以微小但果決的手勢來表達同意或不同意，只是他的手勢就和頭頂上樹梢的搖擺一樣令人費解。

「你們竟然會遇見維茲先生，實在太巧了！你當時知道會在這裡與貝托里尼旅館的許多房客重逢嗎？」

「不知道。是賴維許小姐告訴我的。」

「我年輕時一直很想寫一部『巧合的歷史』。」

回應冷淡。

「但事實上，巧合發生的機率遠比我們想像的還低。比方說，認真想想，你們會搬來這裡並不全然是巧合。」

這時喬治終於開口，讓他鬆了口氣。

「是巧合。我想過了。這是命運，一切都是命運。我們因爲命運而聚首，因爲命運而分開……聚首、分開。我們被十二方位的風吹著……什麼也決定不了……」

「你根本沒有細想。」牧師悍然駁斥：「讓我提點你一下，愛默生，任何事都不要歸諸於命運。不要說：『我沒做這件事。』因爲你十之八九就是做了。現在，我來反問你。你第一次遇見霍尼徹奇小姐和我，是在什麼地方？」

「義大利。」

「而你第一次遇見霍尼徹奇小姐的未婚夫維茲先生，又是在什麼地方？」

「國家美術館。」

「正在欣賞義大利藝術。這就對了，所以還說什麼巧合和命運！你很自然地去尋找與義大利有關的事物，我們和我們的朋友也一樣。這麼一來，範圍大大縮小了，我們於是再次重逢。」

「我會在這裡是命運的安排。」喬治堅稱：「但您可以說是因爲義大利，如果這樣能讓您高興一點的話。」

畢比先生沒想到這個話題會變得如此沉重，便悄悄迴避。不過他對年輕人向來無比寬容，因此並不打算冷落喬治。

「所以囉，就爲了這種種原因，我的『巧合的歷史』才會還沒寫出來。」

沉默無語。

爲了打圓場，他又補上一句：「我們都很高興你們搬來。」

沉默無語。

「到了！」佛萊迪大喊。

「太好了！」畢比先生也高聲喊道，同時抹抹額頭。

「水塘就在裡面，要是大一點就好了。」他語帶歉意地說。

他們順著滑溜的松針坡堤爬下去，水塘就坐落在一小片綠色草地間，只是個小池子，但已足以容納人的身體，水也清澈得倒映著天空。由於下過雨，四周的草地都淹在水裡，看起來有如一條美麗的翡翠步道，誘使人往池心走去。

「就水塘來說，這就夠大了。」畢比先生說：「大可不必為它道歉。」

喬治在一處乾的地面坐下，意興闌珊地解開靴子鞋帶。

「那一大片柳葉菜很美吧？我最喜歡看結子的柳葉菜了。這種芳香的植物叫什麼？」

沒人知道，也沒人在意。

「這些植物真是充滿變化……這一小片水生植物像海綿一樣鬆軟，而長在兩邊的植物不是強韌就是脆弱，像是石南、蕨類、越橘、松樹。非常迷人，非常迷人。」

「畢比先生，你不下來泡水嗎？」佛萊迪邊脫衣服邊喊道。

畢比先生覺得，還是別泡了。

「水好舒服！」佛萊迪跳進水中，高喊道。

「水不就是水。」喬治喃喃地說。他先把頭髮打溼，明顯表現得無動於衷，然後跟著佛萊迪進入聖池，面無表情的模樣就好像他是一尊雕像，而這水塘則是一桶肥皂水。他需要用到肌肉，需要保持乾淨。畢比先生看著他們，看著柳葉菜的種子如舞群一般，在他們頭上舞動著。

「潑嘩、潑嘩、潑嘩。」佛萊迪往兩邊各划兩下，就被蘆葦或泥巴困住了。

「下水值得嗎？」另一人站在被水淹沒的池邊，活像尊米開朗基羅的雕像。

土堤瞬間崩塌，他還沒來得及仔細斟酌，便摔進池子裡。

「咿……噗……我吞了一隻蝌蚪。畢比先生，水好舒服啊，真的是太棒了。」

「水確實不錯。」喬治從水裡冒出頭來，對著陽光噴了口水。

「水很舒服，畢比先生，下來吧。」

「潑嘩，啪啪啪。」

畢比先生覺得很熱，而且若是可能的話，他向來都會順著別人的意思，因此他四下環顧，沒見到半個教區居民，四面八方只有高聳挺拔的松樹，在藍天下互相招手示意。多麼美好愜意！汽車與地方主任牧師的世界無止境地往後退。水、天空、長青樹、風——這一切就連四季也無法觸及，想必更不會有人侵入吧？

「我不如也來洗洗身子吧。」很快地，他脫下的衣物便成爲草地上的第三小堆，而他也對美妙池水讚歎不已。

其實這只是一池普通的水，水量也不多，而且誠如佛萊迪所說，感覺好像在一朵萵苣裡游泳。三位男士在高及胸口的池水裡繞圈，模仿歌劇《諸神的黃昏》裡那三名水仙子的模樣。但不知是因爲雨後的清新空氣，或是因爲被太陽晒得暖洋洋，又或是因爲其中兩人正值青春，而另一人又有一顆年輕的心，總之他們開始起了變化，將義大利與植物生態與命運全拋到腦後，開始嬉戲起來。畢比先生和佛萊迪互相潑水，他們也潑喬治，但比較客氣一點。喬治沒有出聲，他們不禁擔心惹他生氣了。緊接著，青春的力量一股腦兒地爆發。他微微一笑，撲身過去，開始向他們潑水、把他們的頭壓進水裡、用腳踢他們、往他們身上抹泥巴，還把他們趕出水塘。

「我們來繞著池子賽跑吧！」佛萊迪嚷嚷道。於是他們在陽光下跑了起來，喬治抄捷徑弄髒了小腿，只得再洗一次身子。隨後畢比先生也同意一起跑，那可真是令人難忘的一幕。

他們先是跑步讓身子變乾，然後爲了涼快又下去泡水，接著在柳葉菜與蕨類植物間扮起了印地安人，然後又下水把身子洗乾淨。這段時間內，那小小的三堆衣物低調地擺在草地上，像是宣示：「不，我們才是最重要的。沒有我們，一切事業都無法展開。所有肉身終究得依賴我們。」

「達陣！達陣！」佛萊迪叫嚷的同時，一把抓起喬治的衣服，放到一根假想的球門柱旁。

「足球至上。」喬治反駁道，並一腳踢散佛萊迪的衣服。

「射門得分！」

「射門得分！」

「傳球！」

「小心我的手錶！」畢比先生高喊。

衣服往四面八方飛散。

「小心我的帽子！不行，佛萊迪，這樣夠了。穿上衣服吧。我說別鬧了！」

但兩個年輕人已經玩瘋了。他們輕快地閃進樹林裡，佛萊迪將牧師的背心夾在腋下，喬治則把寬邊呢帽戴在溼答答的頭上。

「夠了！」畢比先生叫喊著，因爲想起這裡畢竟是自己的教區。緊接著他忽然變了聲音，就好像每棵松樹都是主任牧師似的：「喂！當心點，你們倆！我看見有人來了！」

叫喊聲持續著，而繞在光影斑駁地面上的圓圈也愈來愈大。

「喂！喂！**有女士來了！**」

喬治和佛萊迪都不是很文雅的人。儘管如此，因爲他們沒聽到畢比先生最後一句警告，所以沒能避開霍尼徹奇太太、賽希爾和露西，他們三人正往這裡走來，準備去拜訪巴特沃斯太太。佛萊迪把背心丟在他們腳邊，急忙鑽進一堆蕨類中。喬治則對著他們高呼一聲，然後轉身沿著通往水塘的步道跑走，頭上還帶著畢比先生的帽子。

「我的老天哪！」霍尼徹奇太太驚呼道：「這些不像話的人到底是誰啊？親愛的，快別看了！還有可憐的畢比先生！這到底是怎麼回事？」

「快往這邊走。」賽希爾下令似的說，他總覺得自己必須引導並保護女性，卻不知道要將她們帶向何處，又是為什麼要保護她們。此時，他帶著她們往佛萊迪藏身的蕨類叢走去。

「唉，可憐的畢比先生！掉在小路上的是他的背心嗎？賽希爾，畢比先生的背心……」

「那不關我們的事。」賽希爾說著瞥了露西一眼，她整個人罩在陽傘下，很明顯地「若有所思」。

「我猜畢比先生又跳回水塘裡了。」

「請往這邊走，霍尼徹奇太太，往這邊。」

她們隨他走上土堤，盡量露出緊繃但無動於衷的表情，這是女士們遇上這種情況時應該有的表情。

「唉，我受不了了。」前方近處響起一個聲音，接著便看見佛萊迪滿是雀斑的臉和雪白的雙肩，從羊齒植物叢中冒出來。「總不能讓你們從我身上踩過去吧，對不對？」

「天啊，親愛的，原來是你！你也太不會想了！家裡冷熱水都有，怎麼不在家舒舒服服地洗澡呢？」

「媽，妳聽我說，有一個人需要洗澡，有一個人需要把身子弄乾，如果還有一個人……」

「親愛的，你老是有你的理由，不過你現在這副樣子不適合爭辯。露西，我們走。」她們轉過身去。「哎呀，妳看……不，不要看！唉，可憐的畢比先生！實在太不像話了……」

只見畢比先生正從水池爬出來，池面上還漂著一些貼身衣物，至於喬治，那個厭世的喬治，竟對著佛萊迪喊說他釣到一條魚。

「我還吞了一條呢！」後者從蕨類叢中回答：「我吞了一條蝌蚪，牠在我肚子裡扭動，這下我死定了……愛默生，你這混蛋，你穿到我的褲子了。」

「別說了，親愛的。」霍尼徹奇太太發現震驚之情持續不久：「千萬記得要徹底把身體擦乾。很多人傷風感冒，都是因爲身子沒乾透。」

「媽，快走吧。」露西說：「拜託妳快走吧。」

「哈囉！」喬治喊道，女士們再次停下腳步。

他自以爲已經穿著整齊。只見他打赤腳、裸著上半身，背對幽暗的樹林，容光煥發又風度翩翩地喊道：

「哈囉，霍尼徹奇小姐！妳好！」

「行禮，露西，最好行個禮。他到底是誰啊？我也要行禮才好。」

霍尼徹奇小姐欠了欠身。

經過傍晚與一整個晚上，水都流走了。到了次日，水塘又縮回原來的大小，也失去了光彩。它是對激昂熱情與鬆懈意志的召喚，是一番影響持久的短暫祝福，是一種聖潔、一道魔咒、一只轉眼即逝的青春聖杯。

第十三章

巴特雷特小姐的鍋爐真煩人

這樣的行禮，這樣的會面，露西都不知練習多少次了！只不過練習的地點總是在室內，而且身上當然會有一些遮蔽物。誰能料到，她與喬治竟然在文明大潰逃之際相遇？外套、硬領襯衫與靴子猶如一群受傷的殘兵敗將，躺在陽光照耀的地上。在她的想像中，年輕的愛默生先生可能是害羞、陰沉、冷漠，或是私底下厚顏無禮，她心裡對這一切也已做好準備。但是萬萬沒想到，他會高高興興地，像晨星一般向她高聲招呼。

當露西進入室內與巴特沃斯老太太一起喝茶時，她暗自尋思著，未來根本無法準確預料，人生也無法預演。布景的一點差錯、觀眾席上的一張臉、觀眾衝上舞台的一次干擾，都可能讓我們精心計畫的手勢動作變得毫無意義，或是賦予太多意義。她曾經想過：「我行禮就好，不要跟他握手，這樣才得體。」她確實行禮了……但那是對誰呢？對眾神、對眾英雄、對年輕女學生的愚蠢言行！她是隔著阻礙世界的無用之物行禮的。

她的內在轉著這些念頭，外在卻得忙著應付賽希爾。這是他們訂婚後，又一次可怕的例行拜訪行程。巴特沃斯太太想見他，他卻不想被見。他不想聽繡球花的事，也不想知道爲什麼海邊的繡球花有不同顏色。他不想加入慈善組織會社。他一不高興，話就特別多，本來只須回答「是」或「不是」，他卻會巧妙地回答出一長串。她一面安撫他，一面爲他的不當言詞修修補補，照這情形看來，他們的婚後生活應該能相安無事。沒有人是完美的，能在婚前發現對方的缺點當然更好。巴特雷特小姐透過行爲（而不是言語），讓年輕的露西學到一課：人生在世，沒有哪件事能完全令人滿意。露西雖然不喜歡這個人生導師，卻認爲她的教誨寓意深遠，並拿來應用在自己的未婚夫身上。

回到家後，母親對她說：「露西，賽希爾是怎麼了？」

這個問題透露出不祥徵兆，直到目前爲止，霍尼徹奇太太都表現得很寬容，也很克制。

「媽，應該沒什麼，賽希爾沒事。」

「也許是累了吧。」

露西讓步了，也許賽希爾是有點累了。

「要不然」——她將帽子上的別針一一拔出，表情愈來愈生氣——「要不然我實在想不出其他理由。」

「我真覺得巴特沃斯太太很煩人，如果妳指的是這個的話。」

「妳是受賽希爾的影響才這麼想。妳小時候最喜歡她了，妳染上傷寒時，她對妳的呵護真是沒話說。沒錯，同樣的例子還有很多。」

「我幫妳把帽子收起來好嗎？」

「他就不能禮貌地應對個半小時嗎？」

「賽希爾對人的要求很高，」露西看得出麻煩要來了，結結巴巴地說：「這是他的一部分理想……就因爲這樣，才會讓他有時候有點……」

「胡說八道！如果崇高理想會讓年輕人變得粗魯無禮，還是早點拋開這些理想來得好。」霍尼徹奇太太邊說邊將帽子交給她。

「別這樣，媽！妳自己也曾經對巴特沃斯太太口氣不好呀！」

「那不一樣。有時候我是真想扭斷她的脖子。可是那不一樣。沒錯，賽希爾從頭到尾都是那個樣子。」

「對了……我一直沒跟妳說。我在倫敦的時候，收到夏綠蒂來信。」想試圖以此轉移話題實在太幼稚，讓霍尼徹奇太太很不高興。

「自從賽希爾從倫敦回來以後，好像看什麼都不順眼。每次我一開口，他就皺眉頭……我看見了，露西，妳別想反駁我。沒錯，我既不懂藝術、文學，也沒有學識和音樂涵養，但客廳的家具我也沒辦法，那是妳爸爸買的，再不喜歡也只能忍耐，還請賽希爾記住這一點。」

「我……我明白妳的意思，賽希爾也的確不應該。不過他不是故意無禮的，他曾經解釋過，讓他心煩的是**事情**……他碰到不愉快的事就很容易心浮氣躁……他的無禮不是針對**人**。」

「那麼佛萊迪唱歌，是事還是人？」

「他是真正懂音樂的人，妳不能期望他跟我們一樣喜歡滑稽的歌曲。」

「那他為什麼不離開房間？為什麼要坐在那裡扭來扭去，不屑地冷笑，把所有人的興致都破壞光了？」

「我們對人不能這麼不公平。」露西支吾其詞。不知為何，她有點力不從心。在倫敦時她總能找到完美的理由為賽希爾辯護，現在辯護卻起不了作用。兩種文明起了衝突，賽希爾已事先暗示過有此可能，這讓她眼花撩亂、張惶失措，就好像所有文明背後的光輝照得她目不能視。好品味與壞品味都只是口號，只是剪裁不同的衣裳，而音樂穿過松林後，就會化為呢喃低語，是正經的歌曲或滑稽的歌曲也就分不清了。

霍尼徹奇太太去換衣服準備用餐時，她仍然十分尷尬，偶爾說上一兩句話也於事無補。事實明擺在眼前：賽希爾故意表現得傲慢自大，而且成功了。而露西，她自己也不知道為什麼，只希望這個煩惱能換個時候來。

「去換衣服啊！親愛的，時候不早了。」

「好的，媽……」

「別說『好』又杵著不動。快去。」

她聽從吩咐，卻在樓梯平台的窗邊悶悶不樂地耽擱片刻。窗子面北，因此幾乎看不見風景，也看不見天空。此時松樹低垂在她眼前，和冬天一樣。看到這面窗總讓人沮喪。其實也沒受到什麼明確的問題困擾，她卻仍暗自歎息：「天啊，我該怎麼辦？該怎麼辦？」她覺得每個人的表現都很差勁。而且她也不該提起巴特雷特小姐的來信，她應該更小心一點，母親向來喜歡追根究柢，很可能會問她信上說了什麼。天啊，究竟該怎麼辦？就在這時，佛萊迪蹦蹦跳跳地上樓來，加入了粗魯無禮的行列。

「他們真是太帥了。」

「親愛的弟弟，你真是煩人！你怎麼能帶他們到聖湖去泡水呢？那裡太張揚了。你是沒關係，可是其他人就太難為情了。千萬要更小心一點，你別忘記這裡已經快要變成半個郊區了。」

「我說啊，下星期的明天有什麼事嗎？」

「就我所知，沒有。」

「那我想請愛默生他們禮拜天來打網球。」

「噢，我可不會這麼做，佛萊迪，現在事情都已經一團糟了，我可不會這麼做。」

「球場有什麼問題嗎？一兩個地方凹凸不平，他們不會介意的，而且我也訂了新球。」

「我是說**最好**不要，我跟你說真的。」

他抓住她的手肘，鬧著玩地跟她在走道上跳起舞來。她假裝不在意，其實很想生氣大叫。賽希爾正要去洗手間，覷了他們一眼，瑪莉抱了一堆熱水瓶，也被他們擋住去路。這時，霍尼徹奇太太打開房門說：「露西，你們吵吵鬧鬧的做什麼？我有話跟妳說。妳剛才說收到夏綠蒂的信，是嗎？」佛萊迪連忙跑開。

「是的，我真的不能再耽擱了。我也得去換衣服。」

「夏綠蒂還好嗎？」

「很好。」

「露西！」

可憐的她只好折回來。

「妳就是這個壞習慣，老是不把話聽完就急著走。夏綠蒂有沒有提到她家的鍋爐？」

「她家的**什麼**？」

「妳不記得了嗎？十月的時候，她要請人把鍋爐搬出去，清洗浴室用的儲水槽，還有一堆拉拉雜雜的事要做。」

「我哪能記得住夏綠蒂所有的煩惱？」露西語氣尖刻地說：「妳不滿意賽希爾，我自己的煩惱都夠多了。」

霍尼徹奇太太原本有可能發脾氣，但她沒有，而是說：「我的寶貝女兒，妳過來……謝謝妳替我把帽子收起來……親親我吧。」雖然世上沒有完美的人事物，露西卻覺得此刻的母親、風之隅與夕陽下的威爾德地區，完美無瑕。

於是生活中的小摩擦消弭於無形。在風之隅，通常都是這樣。當社交機器運轉失靈，眼看無藥可救的最後關頭，總會有某個家中成員倒入一滴潤滑油。賽希爾很瞧不起他們的做法，也許他有他的道理。總之，這不是他的行事作風。

用餐時間是七點半。佛萊迪胡亂說了幾句禱告後，大家便各自將沉重的椅子拉向前，然後開動。幸好男士們都餓了，始終沒發生什麼麻煩事，直到布丁上桌後，佛萊迪說：

「露西，愛默生是什麼樣的人？」

「我在佛羅倫斯見過他。」露西希望這樣的回答能打發過去。

「他算是聰明的人，還是中規中矩的人？」

「問賽希爾吧，是賽希爾介紹他來的。」

「他是聰明的人，跟我一樣。」賽希爾說。

佛萊迪狐疑地看著他。

「妳們在貝托里尼的時候，對他們了解多少？」霍尼徹奇太太問道。

「幾乎不怎麼了解。我是說，夏綠蒂恐怕比我更不了解。」

「妳倒提醒我了……妳還是沒告訴我，夏綠蒂信上說了些什麼。」

「也沒什麼，只是隨便聊聊。」露西不知道吃完這頓飯之前，能否不撒謊。「信上有提到她一個惹人厭的女性朋友，說她曾經騎腳踏車經過夏日街，還想著要來找我們，謝天謝地她沒來。」

「露西，妳說這種話真的很不厚道。」

「她是個小說作家。」露西狡詐地說。這句話說得高明，因爲女性從事文學一事最能挑起霍尼徹奇太太的怒火。她會丟下所有話題，一心一意痛罵那些不顧家庭小孩，只想著靠出書成名的女人。她認爲：「非要寫書的話，就讓男人去寫。」接著更長篇大論地闡述自己的想法。這段時間裡，賽希爾不停打著呵欠，佛萊迪拿他的李子核玩丟骰子遊戲，看看是「今年，明年，現在，還是永遠沒機會」，露西則適時地在一旁爲母親的怒火添柴加薪。但火勢很快就熄滅，幽靈開始聚集在黑暗中。四下的幽靈太多了。最早的幽靈（在她臉頰上的那一吻）肯定老早就被驅除，在山裡被一個男人親吻一次，對她來說根本不算什麼。但它卻生出了一個幽靈家族：哈里斯先生、巴特雷特小姐的信、畢比先生對紫羅蘭的記憶等等，而這其中總會有一個幽靈在賽希爾的眼皮子底下糾纏她。現在巴特雷特小姐又回來了，而且活生生地叫人心驚。

「露西，我一直在想夏綠蒂的信。她還好嗎？」

「我把信撕了。」

「她沒說她好不好嗎？信中的口氣聽起來怎麼樣？愉快嗎？」

「我想是吧……不……好像不是太愉快。」

「那準沒錯，**就是**爲了鍋爐。水的問題有多折磨人，我最清楚了。我寧可爲其他事情操心……就算是肉出了問題也無所謂。」

賽希爾用手摀住雙眼。

「我也是。」佛萊迪開口支持母親，但他支持的是她話中的精神，不是內容。

「我也一直在想，」她又口氣頗爲緊張地接著說：「下禮拜我們可以盡量騰出一點地方，請夏綠蒂來住，讓她在坦橋井的工人完工前可以輕鬆度個假。我好久沒見到可憐的夏綠蒂了。」

露西不安到難以忍受。可是母親剛才在樓上對她那麼慈祥，她也不好反對得太激烈。

「媽，不行！」她哀求道：「住不下的。現在都已經擠得要命了，哪還能容得下夏綠蒂？禮拜二，佛萊迪有朋友要來，還有賽希爾，加上米妮·畢比擔心感染白喉，所以妳答應讓她來住。真的擠不下。」

「胡說！可以的。」

「除非讓米妮睡浴室。」

「米妮可以跟妳睡。」

「我不要。」

「如果妳這麼自私，只好讓伏羅伊先生和佛萊迪住一間房了。」

「巴特雷特小姐，巴特雷特小姐，巴特雷特小姐。」賽希爾抱怨叨念著，並再次用手摀住眼睛。

「住不下的。」露西重複說道：「不是我故意找碴，可是把房子塞得這麼滿，對下人們實在太不公平。」

唉！

「親愛的，其實是妳不喜歡夏綠蒂。」

「對，我不喜歡她。賽希爾也一樣。她總是讓人焦慮不安。妳有一段時間沒見到她了，不知道她有多煩人，雖然她人真的很好。所以拜託了，媽，這個夏天別讓我們煩心，就寵愛我們一下，別叫她來了。」

「贊成！贊成！」賽希爾說。

霍尼徹奇太太露出比平時更嚴肅的表情，也不再像平時那麼克制，而是真情流露地回答：「你們倆這樣太不為人著想了。你們有彼此作伴，有這一大片林子可以散步，有這麼多美麗風景可以欣賞，而可憐的夏綠蒂卻只有停水之苦和幾個管線工人。親愛的，你們還年輕，但年輕人不管有多聰明，不管看了多少書，都絕對無法體會變老的感覺。」

賽希爾把麵包撕成碎片。

「我不得不說，那年我騎腳踏車去找夏綠蒂表姐的時候，她真的很親切。」佛萊迪插嘴說：「她不斷地向我道謝，到後來我都覺得自己像個傻瓜，而且她還忙得團團轉，只為了把一顆蛋煮到恰到好處，讓我當午茶點心。」

「我知道，親愛的。她對每個人都很體貼，我們只是想給她一點回報，露西卻在這裡找麻煩。」

但露西是鐵了心。爲巴特雷特小姐著想，沒有好處。她自己已經試過太多次，而且就在最近而已。這番努力或許能在天上積攢財寶，卻無法使地上的巴特雷特小姐或任何人變得富裕。她只好說道：「媽，沒辦法，我就是不喜歡夏綠蒂。我承認我這樣很壞。」

「依妳自己的說法，妳也是這麼跟她說的。」

「誰叫她要那麼愚蠢地離開佛羅倫斯。她根本是狼狽地……」

幽靈回來了，它們占領了義大利，現在甚至開始篡奪她從小熟悉的地方。聖湖再也不同於以往，到了下個星期日，風之隅也會產生變化。她怎能和幽靈對抗？有一刻，眼睛看得見的世界消失不見，似乎只剩回憶與情感是真實的。

「我想，既然巴特雷特小姐煮蛋的技巧這麼好，當然非請她來不可了。」賽希爾說。他心情已經好了許多，這都得歸功於美味的晚餐。

「我可沒說蛋煮得**好**，」佛萊迪糾正他：「因爲事實上，她忘了把蛋從火上移開，而且老實說，我不喜歡吃蛋。我只是說她看起來非常和藹可親。」

賽希爾再次皺起眉頭。唉，霍尼徹奇這家子！蛋、鍋爐、繡球花、女僕……他們的生活裡就充斥著這些。「我和露西可以先離席了嗎？」他問道，幾乎難掩傲慢：「我們不想吃甜點了。」

第十四章

露西如何勇敢面對外界情勢

巴特雷特小姐當然接受了，也當然很確定自己會造成麻煩，便懇請他們給她一間較次等的備用客房，像是沒有景觀的房間之類的，隨便就好。向露西致上關愛之意。另外，下個星期日，喬治・愛默生當然也能來打網球了。

露西勇敢地面對眼前情勢，雖然她也和大多數人一樣，只是在面對自己周遭的情勢而已。她從未省視過內心。即使內心深處偶爾浮現奇怪的影像，她也會歸咎於神經緊張的緣故。賽希爾將愛默生父子帶到夏日街來，讓她焦慮不安。夏綠蒂會將過去的蠢事重新擦亮，這可能也讓她焦慮不安。到了晚上，她就緊張。和喬治說話時（他們幾乎馬上就在牧師的住處再次碰面），他的聲音深深打動她，讓她想待在他身邊。如果她真的想待在他身邊，那是多可怕的想法！會有這種想望當然是神經緊張的關係，緊繃的神經就喜歡開這種惡意的玩笑。她曾一度爲了一些「憑空而來，不明其意的事情」而苦惱，後來在某個雨天的午後，賽希爾向她講解了心理學，於是在未知世界裡所有青春年少的煩惱，才得以一掃而空。

情況已經明顯到足以讓讀者作出結論。「她愛上了年輕的愛默生。」但讀者若處於露西的立場，卻不會明顯感覺。要記錄生活是容易，要付諸行動卻令人徬徨，因此若能有「緊繃的神經」或其他陳腔濫調來掩蓋個人的欲望，當然再好不過。她愛賽希爾，而喬治讓她緊張，能不能請讀者向她解釋，這兩句話應該顛倒過來說才對？

但外界情勢……她會勇敢面對的。

在牧師家的會面進行得相當順利。她站在畢比先生與賽希爾之間，適度地提起義大利幾次，喬治作了回應。她急於顯示自己並不害羞，也很高興自己並不顯得害羞。

「這小夥子不錯，」畢比先生事後說道：「他身上的稜稜角角遲早會磨平的。那些很快又很優雅地適應人生的年輕人，我反而信不過。」

露西說：「他看起來更開朗了，比以前更常笑。」

「是啊，」牧師說：「他正在甦醒。」

事情到此結束。但隨著這一星期慢慢過去，她內心的防備又崩解了一些，腦中開始出現具有形貌之美的影像。

儘管信上寫得一清二楚，巴特雷特小姐還是想方設法不讓自己順利到達。她原本預定在多爾金的東南鐵路線車站下車，霍尼徹奇太太會坐馬車去接她。結果她卻跑到倫敦與布萊頓線的車站，只好自己雇車前來。當時只有佛萊迪和他的朋友在家，他們倆不得不停止打網球，招呼她整整一小時。賽希爾和露西四點回來，再加上米妮．畢比，一共六人一起在草坡高處吃午茶，氣氛有點鬱悶。

「我怎麼樣都無法原諒自己。」巴特雷特小姐說。她一再從座位上起身，經其他人同聲懇求才勉強留下。「我這樣冒冒失失地跑來打擾你們這些年輕人，把氣氛都破壞光了！但馬車的錢我一定要自己付，無論如何都請答應我。」

「我們絕對不會讓客人做這種事，太失禮了。」露西說道，弟弟也氣惱地嚷著：「露西，為了這件事，我已經勸夏綠蒂表姐半小時了。」表姐為他煮蛋的記憶此時已經淡化。

「我不認爲我是一般的客人。」巴特雷特小姐看著自己磨損的手套說。

「好吧，既然妳這麼堅持。五先令，我另外又給了車夫一先令。」

巴特雷特小姐看了看錢包，只有一英鎊[1]金幣和便士。有零錢可以換嗎？佛萊迪有半英鎊，他朋友有四枚半克朗[2]的銀幣。巴特雷特小姐收下他們的錢之後說：「那我這一英鎊要給誰？」

「這些事等母親回來再說吧。」露西提議。

「不行，親愛的。妳母親少了我的牽絆，可能會坐馬車多兜一會兒才回來。我們都有自己的小怪癖，我就是非得馬上把帳算清楚。」

這時，佛萊迪的朋友伏羅伊先生說了他唯一值得一記的話：他提議擲硬幣來決定那枚金幣該給他或給佛萊迪。眼看問題有望解決了，就連一直矯揉造作地喝茶看風景的賽希爾，也感受到機運的永恆魅力而轉過頭來。

不料這也行不通。

「拜託了……拜託了……我知道我很掃興，可是這樣會讓我覺得自己很惡劣。要是誰輸了，我不就等於搶了他的錢。」

「佛萊迪欠我十五先令，」賽希爾出面協調：「所以妳把金幣給我就對了。」

「十五先令，」巴特雷特小姐懷疑地問：「這是怎麼回事，維茲先生？」

「妳還不明白？因爲佛萊迪付了妳的車錢。把金鎊給我，就能避免這場可悲的賭局了。」

1 相當於二十先令。
2 一克朗等於五先令。

巴特雷特小姐算術不精，一下子被他搞糊塗了，便在其他幾個年輕人強忍的低笑聲中交出那枚金鎊。那一刻賽希爾十分開心，他正在和同儕一起胡鬧呢！接著他瞅了露西一眼，只見她臉上的微笑被小小的憂慮破壞了。到了一月，他就會從這種終日言不及義、讓人變得遲鈍的環境中，救出他的達文西畫中人。

「我不懂！」密切留意著這場不公平交易的米妮．畢比高喊道：「我不懂爲什麼金鎊要給維茲先生。」

「因爲那十五先令和那五先令。」他們正色回答：「十五先令加五先令剛好是一英鎊，懂了吧。」

「我不懂的是……」

他們試圖拿蛋糕堵住她的嘴。

「謝謝，我不吃了。我不懂的是……佛萊迪，你別戳我。霍尼徹奇小姐，你弟弟戳得我好痛。哎喲！我不懂，我就是不懂，爲什麼這位不知姓什麼的小姐不用付車夫的小費。」

「我把車夫給忘了。」巴特雷特小姐紅著臉說：「親愛的，謝謝妳提醒我。一先令，是嗎？我有一枚半克朗，有誰能幫我找開嗎？」

「我來吧。」年輕的女主人果決地起身說道：「賽希爾，那枚金鎊給我。不……把那枚金鎊給我，我去讓尤菲米亞把它換成零錢，然後全部重算一遍。」

「露西……露西……我真是太惹人厭了！」巴特雷特小姐嘴裡念著，一面跟著她穿過草坪。露西腳步輕快地往前走，裝出歡鬧的模樣。等來到眾人聽不見的地方，巴特雷特小姐不再嘮叨抱怨，改以相當尖刻的語氣說：「妳跟他說過他的事了嗎？」

「沒有，」露西一回答後，便懊悔自己這麼快就聽出表姐的意思。「我算算……一個金鎊可以換幾個銀幣？」

她逃進廚房。巴特雷特小姐態度不變，太嚇人了。有時候，她自己說的或是造成別人說的每句話，好像都經過設計；車資與零錢引發的這一切紛擾，彷彿也是一種爲了突襲她內心的策略。

「沒有，我沒有跟賽希爾或任何人說過。」她從廚房回來以後說：「我答應過妳不說的。這是妳的零錢，除了兩枚半克朗之外都是先令。妳要不要算一算？現在可以好好把帳算清楚了。」

巴特雷特小姐在客廳裡，正凝神看著裱了框的〈聖約翰升天〉攝影圖片。

「太可怕了！」她喃喃地說：「如果維茲先生從別人那兒聽說這件事，豈止是可怕而已。」

「不會的，夏綠蒂。」露西加入戰局：「喬治．愛默生沒有問題，那還有誰會有問題？」

巴特雷特小姐思忖道：「譬如那個車夫。我看見他隔著矮樹叢看你們。我還記得他嘴裡咬著一朵紫羅蘭。」

露西微微一顫，說：「我們一不留神，就被這件無聊小事搞得提心吊膽。一個佛羅倫斯的馬車夫怎麼可能找到賽希爾？」

「每種可能性都要考慮到。」

「唉，不會有事的。」

「又或者老愛默生先生知道。老實說，他肯定知道。」

「就算他知道也無所謂。我很感謝妳寫信來，但即使消息傳開了，我相信賽希爾也會一笑置之。」

「妳是說他會反駁？」

「不，是一笑置之。」然而她心裡知道不能相信他，因爲他希望她是完璧。

「那就好，親愛的，畢竟妳最清楚。也許現在的男士和我年輕時代時不同了，至於女士肯定是不一樣的。」

「喂，夏綠蒂！」她開玩笑地打她一下。「妳這個杞人憂天的好心人！妳**到底**要我怎麼做？先是要我『別說』，然後又叫我『說』，怎麼做才好？快說！」

巴特雷特小姐歎了口氣，說：「親愛的，我說不過妳。一想到我在佛羅倫斯多管閒事，我都要臉紅了，其實妳完全有照顧自己的能力，在各方面也都比我聰明得多，妳是永遠不會原諒我了。」

「現在可以出去了嗎？再不出去，他們會把所有瓷器都給砸了。」

此時空氣中回響著米妮的尖叫聲，有人打算用茶匙剝她頭皮。

「親愛的，等一下……我們可能不會再有像這樣私下聊天的機會。妳見過那個年輕人了嗎？」

「見過了。」

「是什麼情況？」

「我們在牧師家碰了面。」

「他打算採取什麼行動？」

「沒有行動。他和其他人一樣談論義大利。真的沒什麼事。坦白說，耍無賴對他有什麼好處？真希望妳能和我用一樣的想法看待這件事。他真的不會造成任何麻煩，夏綠蒂。」

「一日無賴，終身無賴。這是我卑微的想法。」

露西停了一下：「賽希爾曾經說過，而且我認爲他說得很深刻，無賴分爲兩種，一種是有意識的，一種是下意識的。」她又停頓一下，以充分展現賽希爾的深度。她正好從窗口看見賽希爾在翻閱一本小說，是從史密斯圖書館新借的書，想必母親已經從車站回來了。

「一日無賴，終身無賴。」巴特雷特小姐低聲碎念著。

「我所謂的下意識，是指愛默生先生當時失去了理智。我跌進紫羅蘭花叢中，他大吃一驚，一時傻了。我想也不能過於責怪他。當一個人冷不防出現在你眼前，背後又有一片美麗景物，那種感覺大不相同。這是真的，感覺非常不同，於是他就失去理智了。他並不是對我有愛慕之類的無聊情感，一點都沒有。佛萊迪挺喜歡他的，還邀請他禮拜天到家裡來，到時候妳可以自己判斷。他進步了，不會老是一副快要哭出來的樣子。他是一家大鐵路公司總經理室的職員，可不是腳夫！每個週末他都會來陪陪父親。他爸爸本來從事新聞工作，但因爲患了風溼，已經退休。好啦！現在回花園去吧。」她挽起客人的手臂，說：「我們就別再提義大利的這件蠢事了，好嗎？我們希望妳在風之隅好好休息一陣子，什麼都別擔心。」

露西覺得這番話說得相當得體。讀者可能已察覺到其中有個不當的失誤，至於巴特雷特小姐是否也察覺到了則很難說，因爲上了年紀的人，心思難以揣測。她原本可能會接著往下說，卻被進門的女主人打斷了。兩人開始妳一言我一語地解釋起來，露西便趁機開溜，而在她腦海中跳動的影像又更鮮明了一些。

第十五章

內在的憂患

巴特雷特小姐抵達後的第一個星期天是晴朗美好的一天，就像這一年來的多數日子。威爾德地區的秋意已現，打破了夏日單調的綠，公園裡點綴著灰濛濛的霧，山毛櫸轉爲赤褐，橡樹也添了金黃色彩。高處的黑色群松目睹著季節變化，自己卻是長年不變。無論夏秋，鄉間的天空總是萬里無雲，也總會響起教堂的噹噹鐘聲。

風之隅的花園裡空無一人，只有一本紅色封面的書，躺在碎石小徑上晒太陽。自從女士們開始準備去做禮拜，屋裡便傳出斷斷續續的聲響。「男生都說不去」……「也怪不得他們」……「米妮說，她一定要去嗎？」……「叫她別胡鬧了」……「安妮！瑪莉！來幫我把後面扣好！」……「親愛的小露西，可以麻煩妳給我一根別針嗎？」巴特雷特小姐已事先聲明，她無論如何都會上教堂。

太陽馬車奔馳得更高了，不過駕車的不是法厄同，而是稱職、不受外界干擾又神聖的太陽神阿波羅。每當女士們走到臥室窗邊，陽光便照在她們身上；陽光也照著夏日街的畢比先生，他正面帶微笑展讀凱瑟琳·艾倫小姐的來信；陽光還照著正在爲父親清理靴子的喬治·愛默生；最後更照在稍早提到的那本紅皮書上，如此一來，值得一提的人事物就都齊全了。女士們在動，畢比先生在動，喬治在動，而移動可能會產生陰影。可是這本書文風不動地躺著，整個上午都接受太陽輕撫，封面還微微翹起，彷彿在對太陽致謝。

不久，露西從客廳的落地窗走出來。那一襲櫻桃紅的新衣裙堪稱失敗之作，讓她顯得俗氣且面無血色。她的頸上裝飾著一枚拓榴石別針，手上戴著紅寶石戒指，是訂婚戒。她低垂雙眼望向威爾德地區，雙眉微蹙，不是因爲生氣，而是像個努力忍住不哭的勇敢孩子。那片廣袤土地上，沒有一雙人的眼睛看著她，她大可盡情地皺眉而不會受到譴責，也可以去估量太陽神與西方山丘之間還殘留多少空間。

「露西！露西！那是什麼書？是誰從書架上拿了書，還這樣亂丟糟蹋？」

「那只是圖書館借來的書，賽希爾正在看。」

「還是撿起來吧，妳別像隻紅鶴一樣悠閒地站在那裡。」

露西拾起書來，意興闌珊地瞄了一眼書名：《涼廊下》。她已經不看小說，而是將閒暇時間全部花在純文學上，希望能趕上賽希爾。真不敢相信她的知識如此淺薄，即使是自以爲知道的事，例如義大利的畫家，竟然也都忘記了。就在今天早上，她還把弗朗切斯科・弗朗奇亞和皮耶羅・德拉・弗朗切斯卡給搞混了，賽希爾說：「什麼！妳該不會已經把義大利都丟到腦後了吧？」這也使她在向眼前心愛的景物與花園，以及高掛在上空某處，模糊隱約的可愛太陽行注目禮時，眼中多了幾分焦慮。

「露西……妳有沒有準備一枚六便士給米妮，另外一先令給妳自己用？」

她趕緊進屋到母親身邊去，母親每到週日總是這麼慌慌張張、手忙腳亂。

「這次是特別的捐獻……忘了是爲什麼。千萬拜託，別放一堆半便士的硬幣，敲得盤子叮噹響，記得給米妮準備一枚乾乾淨淨、亮晶晶的六便士。這孩子跑哪去了？米妮！那本書都翹得走樣了。（天哪，妳這身打扮也太沒特色了！）把書放到地圖底下壓平。米妮！」

「喔，霍尼徹奇太太……」聲音從上方某處傳來。

「米妮，別拖時間。馬來了。」她總是說馬，而不是馬車。「夏綠蒂呢？上樓去催她一下。她怎麼這麼久？又沒什麼事可做。她每次都只帶短衫來，可憐的夏綠蒂……我最討厭穿短衫了！米妮！」

異教思想會傳染，那傳染力比白喉或虔誠的信仰更厲害，因此教區長的侄女是在百般不情願下被帶著上教堂。一如往常，她不明白為什麼要上教堂。為什麼她就不能和其他年輕人一起坐著晒太陽？她口中的年輕人這時剛好出現，還用刻薄的話嘲笑她。在霍尼徹奇太太脣槍舌戰為正統信仰辯護之際，卻見巴特雷特小姐裝扮得極為時髦，緩緩步下樓梯。

「親愛的瑪麗安，真抱歉，我沒有零錢，只有一英鎊和半克朗硬幣，有沒有人可以……」

「可以，這簡單。上車吧。哎喲，妳可真漂亮。多美的裙裝啊！妳把我們都給比下去了。」

「我的破衣破裙再好也就是這樣，要是不趁這個機會穿，還等什麼時候？」巴特雷特小姐哀怨地說。她上了雙座四輪敞篷馬車，背對著馬坐下。接著免不了一陣騷動，然後才出發。

「再見！要守規矩啊！」賽希爾喊道。

露西咬咬嘴脣，因為他的口吻帶著訕笑。關於「教堂之類的」話題，他們有過一段不甚愉快的對話。賽希爾說人都應該仔細地檢視自我，而她卻不想檢視自我，也不知道該從何做起。賽希爾尊重真誠的正統信仰，只是他總認為真誠起因於心靈面臨危機，他無法想像這是與生俱來的權利，能像花朵一樣朝天成長。雖然他全身每個毛孔都散發出寬容，但在這個話題上，他所說的一切都讓她倍感痛苦。不知怎地，愛默生父子就是不一樣。

上過教堂後，她見到愛默生父子。一整排馬車停在路邊，霍尼徹奇家的車剛好停在西西小屋對面。為了節省時間，她們直接穿過草地走向馬車，便看見那對父子在院子裡抽菸。

「替我引見一下。」她母親說：「除非那個年輕人覺得他已經認識我了。」

他很可能是這麼想，但露西裝作沒發生過聖湖那件事，正式介紹他們認識。老愛默生先生熱情地與她敘舊，並說很高興聽到她要結婚的消息。她說是的，她也很高興。接下來，由於巴特雷特小姐和米妮還在跟畢比先生說話而遲遲不來，她便換了個較不敏感的話題，問他是否喜歡這個新家。

「非常喜歡。」他回答，只是聲音中有一絲不悅，認識他以來，她倒還沒見過他生氣。他接著說：「可是我們得知本來是艾倫小姐她們要來住，卻被我們趕走了。女人總會在意這種事。我實在很過意不去。」

「這其中想必有什麼誤會。」霍尼徹奇太太不安地說。

「據房東聽到的訊息，我們應該是不一樣的人。」喬治似乎有意延伸此話題：「他以為我們具有藝術氣質，結果讓他失望了。」

「我想，我們是不是該寫信給艾倫小姐，表示我們願意讓出房子，妳說呢？」他對露西說。

「既來之，則安之。」露西淡淡地說。她得盡量避免責難賽希爾。因為這段小插曲針對的正是賽希爾，儘管他的名字始終沒有人提及。

「喬治也是這麼說的。他說兩位艾倫小姐只能認栽。但這樣她們好像太可憐了。」

「在這世上，同情心是有一定限度的。」喬治說話時，看著陽光照在來往馬車的飾板上，閃閃爍爍。

「沒錯！」霍尼徹奇太太高呼道：「我正是這個意思。何必為那兩位艾倫小姐費這麼多心思？」

「同情心有一定限度，就像光線也有一定限度。」他繼續以從容的語氣說：「不管我們站在哪裡，都會給某樣東西投下陰影，為了保全這些事物而移動位置也是枉然，因為影子會緊緊跟隨。就選一個不會造成傷害的地方吧……是的，選一個不會造成太大傷害的地方，然後盡你所能站在那裡，面對陽光。」
「噢，愛默生先生，看來你是聰明人啊！」
「呃……？」
「看得出來你是個聰明人。那天你要是沒有對可憐的佛萊迪做那種事就好了。」
喬治的眼睛在笑，露西猜測他和母親應該能相處融洽。
「我沒有，」他說：「是他對我做那種事。那是他的人生觀，只有他是這樣展開人生，我則是先從『問號』試起。」
「你在**說**什麼呀？算了，無所謂。不用解釋了。他很期待今天下午能見到你。你打網球嗎？你介意在星期天打網球……」
「您問喬治會不會介意在星期天打網球！喬治在接受教育後，區分星期天……」
「那就好，喬治不介意在星期天打網球，我也不介意。事情就這麼說定了。愛默生先生，非常歡迎您和令郎一起過來。」
他向她道謝，只可惜路程似乎太遠了，現在他只能在附近閒晃。
她轉向喬治說：「那他還想把房子讓給艾倫小姐她們。」
「就是說啊。」喬治說著伸手摟住父親的脖子。畢比先生和露西一直都知道他是個隨和的人，此時他的隨和突然顯露，如陽光般普照大地……像朝陽一樣？她也想起，儘管他言行古怪，卻從未批判過情感。
巴特雷特小姐來了。
「你們認識我們這位表親巴特雷特小姐。」霍尼徹奇太太愉快地說：「她和我女兒一起去了佛羅倫斯，你們見過。」

「可不是嘛！」老人說著眼看就要走出院子來迎接她，巴特雷特小姐連忙爬上馬車。有了這層保護後，她才正式地欠身行禮。當下他們彷彿又回到貝托里尼旅館，隔著擺了水瓶與酒瓶的餐桌。彷彿又回到很久、很久以前，爲了景觀房間而起的爭執。

喬治沒有回禮。他一如尋常男孩，因羞愧而臉紅，他知道這位伴護人還記得。他於是說：「我……我要是騰得出時間，會去打球的。」說完便進屋了。也許不管他怎麼做，露西都不會有意見，但他的困窘模樣卻直往她心裡去：男人畢竟不是神，而是和女孩一樣，有人性化與笨拙的一面。即便是男人，也可能苦於無法言說的欲望而需要幫助。依她所受的教養與抱持的人生目標，她並不熟悉男人有脆弱面的事實，可是在佛羅倫斯，當喬治將她的圖片丟入亞諾河中，她卻也猜到了幾分。

「喬治，別走啊！」他父親喊道，因爲他覺得兒子留下來陪人說話，是最好的待客之道。「喬治今天心情好極了，我相信他下午會過去的。」

露西與表姐四目相交，那眼神流露出一種無聲的懇求，讓她不顧一切，提高嗓音說：「是啊，我很希望他能來。」接著走向馬車，低聲說道：「老人家不知情，我就知道不會有事。」霍尼徹奇太太隨後而來，他們接著驅車離開。

愛默生先生不知道兒子在佛羅倫斯的離譜行徑，這確實令人滿意，但露西也不至於興奮到像是看見天國的城牆吧？是令人滿意，但她未免高興過了頭。回家的路上，她耳中的馬蹄聲像在唱著：「他沒說，他沒說。」她腦子裡將旋律擴大了：「他沒告訴父親……他對他向來無所不談。這不是戰績。我離開後他沒有取笑我。」她舉起手輕撫臉頰。「他並不愛我，並沒有。他要是愛我就太可怕了！不過他沒說出來，以後也不會說的。」

她好想大喊：「沒事了，這將永遠是我們倆之間的祕密。賽希爾永遠不會聽說。」她甚至感到慶幸，在佛羅倫斯那個陰鬱的最後一晚，當她們蹲跪在他房裡打包行李時，多虧巴特雷特小姐要她答應保守祕密。如今無論這個祕密是大是小，總算守住了。在這世上，只有三個英國人知情。

這是她為自己的喜悅作的詮釋。和賽希爾打招呼時，她因為感到無比安心而格外光采煥發。他扶她下車時，她說道：

「愛默生父子好親切。喬治．愛默生真的大有進步。」

「噢，我那兩位門客怎麼樣了？」賽希爾問道。他對他們其實不感興趣，早已忘記當初決定帶他們進風之隅是為了教育的目的。

「門客！」她有點激動。

賽希爾所能想到的就只有封建式的關係：保護者與被保護者，絲毫沒有察覺露西內心渴望的是一種平等的同伴關係。

「你可以自己看看你的門客過得怎麼樣。喬治．愛默生今天下午會來。跟他談話很有意思，只是不要……」她差點說出「不要保護他」。但午餐的鈴聲響了，賽希爾又和多數時候一樣，沒留意她說的話。她的優點應該在於魅力，而不在口才。

午餐吃得十分愉快。通常用餐時，露西都很沮喪，因為總是有人需要安撫，不是賽希爾或巴特雷特小姐，就是肉眼看不見的存在，這個存在會對她的靈魂低聲呢喃：「愉快的生活不會長久的。到了一月，妳就得去倫敦，取悅那些名門第三代。」可是今天她好像得到了什麼擔保。母親會永遠坐在那邊，弟弟在這邊，早上的太陽雖略微移動了位置，卻永遠不會藏到西山背後。午餐過後，大夥請她彈鋼琴。那年她看過葛路克的歌劇《阿蜜德》，便憑著記憶彈出魔法花園的音樂——在永恆的曙光下，男主角雷諾就在這首樂曲中慢慢接近，音樂聲始終沒增強也沒減弱，始終像仙境裡沒有潮起潮落的海水一樣，輕泛漣漪。這種音樂並不適合鋼琴彈奏，聽眾於是開始浮躁起來，賽希爾也心有不滿，大聲喊說：「現在給我們彈彈另一座花園吧……就彈華格納的《帕西法爾》裡面那座。」

她闔上琴蓋。

「這樣不太盡責吧？」母親的聲音說道。

她擔心賽希爾生氣，趕緊轉身看他。喬治竟然也在。他悄悄溜了進來，沒有打斷她。

「噢，我都不知道！」她高聲驚呼，漲紅了臉。緊接著也沒有招呼一聲，便重新打開琴蓋。賽希爾想聽《帕西法爾》或是其他任何樂曲，都應該彈給他聽。

「我們的演奏家改變心意了。」巴特雷特小姐說道，也許是在暗示：她是爲了愛默生先生彈奏。露西不知該如何是好，甚至不知道自己想怎麼做。她彈了花妖歌唱的幾個小節，彈得糟透了，隨即停下來。

「我提議去打球。」佛萊迪說，這種亂湊一通的餘興節目令他生厭。

「我贊成。」她再次闔上可憐的鋼琴，說：「我提議你們打男子雙打。」

「好啊。」

「謝謝，但我不參加。」賽希爾說：「我就不去攪局了。」他壓根沒想到，就算球打得不好，願意在三缺一的情況下湊個數也是一種體貼。

「你就來吧，賽希爾。我也打得不好，伏羅伊更差，而且我敢說愛默生也好不到哪去。」

喬治糾正他說：「我打得可不差。」

他沒把這種球局放在眼裡。「那我當然更不能下場了。」賽希爾說。自認這麼做是在冷落喬治的巴特雷特小姐隨即補上一句：「維茲先生，我贊成你的做法。你不下場比較好，好得多了。」

正當賽希爾裹足不前，米妮當仁不讓地宣稱自己可以下場：「反正我每一球都打不到，所以有什麼關係？」但礙於今天是星期天，這個好心的建議被無情地打回票。

「那麼就只剩露西了。」霍尼徹奇太太說：「你們只能依靠露西，別無他法了。露西，去換衣服吧。」

露西的安息日通常都有這樣的雙重特色。上午，她會真實無僞地守安息日，到了下午，又會毫不遲疑地破壞規矩。換衣服時，她暗自納悶賽希爾會不會嘲笑她。說真的，她得在嫁給他以前細細檢視自我，把一切都結算清楚。

伏羅伊先生與她搭檔。她喜愛音樂，但網球看起來不是好多了？比起坐在鋼琴前面、感覺腋下緊束，穿上舒適的衣服跑來跑去豈不是更好？她再度覺得音樂有如孩子的扮家家酒。喬治發球，他想贏球的迫切讓她大感吃驚。她還記得在聖十字教堂的墓穴間，他是如何因爲看事情不順眼而歎氣連連；也記得在那個不知名的義大利人死後，他是如何倚著亞諾河畔的矮牆對她說：「告訴妳，我會想活著。」現在他就是想活著，想贏球，想拚盡全力站在太陽底下……那太陽已開始西斜，直射她的雙眼，他果然贏了。

呵，威爾德多美呀！光輝閃耀中山陵矗立，正如菲耶索萊矗立於托斯卡尼平原上，而南丘則可以媲美卡拉拉山。她或許逐漸淡忘了義大利，卻在英國家鄉有更多發現。面對這番景色，可以玩個新遊戲，試著在那層巒疊嶂中，找到一個能代替佛羅倫斯的城鎮或村莊。呵，多美的威爾德！

但此時賽希爾開口叫喚她。他正好處於心思清明的批判狀態，無法與他們的興高采烈產生共鳴。整場球賽下來，他不斷擾人，因爲他正在看的小說寫得實在太差，讓他不得不大聲念給大夥聽。他會繞著球場慢慢走，一邊高聲說：「妳聽聽這個，露西。竟然用了三個分裂不定式。」「太糟了！」露西顧著回答，結果沒接到球。一盤打完後他還繼續念，書裡有一段在描寫殺人場景，大家一定要聽聽看。佛萊迪和伏羅伊先生得去月桂樹下找球，不過另外兩人也就默許了。

「背景在佛羅倫斯。」

「太有趣了，賽希爾！接著念吧。來啊，愛默生先生，消耗了那麼多體力，來坐一下吧。」她已經「原諒」喬治了（這是她的說法），因此刻意對他和顏悅色。

他跳過球網，在她腳邊坐下，問道：「妳……妳累嗎？」

「當然不累！」

「輸了球，妳介意嗎？」

她本想說「不介意」，但忽然覺得自己其實介意，便老實回答。之後又愉快地說：「不過我不覺得**你**有多高明。你是背光，陽光卻直射我的眼睛。」

「我從沒說過自己高明。」

「你說過！」

「妳沒聽仔細。」

「你說……唉，在這個家裡說話不用太精準。每個人都會誇大其詞，要是有人不這麼做，我們可是會生氣的。」

「背景在佛羅倫斯。」賽希爾提高聲調又重複一次。

露西收斂起心神。

「日落時分，蓮娜快步……」

露西打斷他。「蓮娜？女主角名叫蓮娜？這個作者是誰？」

「約瑟夫・艾默里・普蘭克。『日落時分，蓮娜快步穿過廣場，暗自向聖人禱告，希望不會遲來一步。日落時分……義大利的日落。在奧卡尼亞涼廊之下……現在有時也稱為傭兵涼廊……』」

露西大笑起來。「什麼約瑟夫・艾默里・普蘭克！根本就是賴維許小姐！這是賴維許小姐寫的小說，她用其他人的名字出版。」

「賴維許小姐又是誰？」

「噢，一個討厭的人……愛默生先生，你記得賴維許小姐嗎？」愉快的午後時光讓她興奮地拍起手來。

喬治抬眼看她。「當然記得。我到夏日街的那天看見她了，就是她告訴我妳住在這裡。」

「你不高興嗎？」她是說「見到賴維許小姐」，但見他低頭看著草地沒有回答，才猛然想到這句話也可能有另一層意思。他的頭幾乎靠在她的膝蓋上，她凝神注視，覺得他的耳朵好像慢慢變紅了。她又接著說：「難怪小說寫得不好，我一直都不喜歡賴維許小姐。不過既然是認識的人，還是應該看看她的書。」

「現代的書都很糟，這年頭每個人都是爲了錢而寫作。」賽希爾說。他氣露西不專心，便將怒氣發洩在文學上。

「賽希爾……！」

「本來就是。我不會再拿約瑟夫．艾默里．普蘭克來煩你們了。」

今天下午的賽希爾簡直像隻嘰嘰喳喳的麻雀，聲音的高低起伏十分明顯，卻影響不了露西。她置身於旋律與動作之間，他神經緊繃、鏗鏘作響，她的神經卻不肯隨之起舞。她不理會他的氣惱，再次凝視那滿頭黑髮。她並不想撫摸它，但卻能看出自己內心是想撫摸的，這種感覺真奇妙。

「你喜歡這裡的風景嗎，愛默生先生？」

「風景在我看來都差不多。」

「什麼意思？」

「因爲所有的風景都很相似，差別只在於距離和空氣。」

賽希爾「嗯！」了一聲，不確定這句話有無突出之處。

「我父親說」——他抬頭看她（臉有點紅）——「世上只有一種完美的景色，就是我們頭頂上的天空，而地上所有景物都只是它拙劣的複製品而已。」

「想必你父親讀過但丁。」賽希爾撫弄著手中的小說，也只有這本書能讓他主導談話。

「有一天他跟我們說，景物其實就是成群的東西，成群的樹木、房屋與山丘，而且彼此一定都很類似，就像人群一樣，而景物對我們有一種超自然的影響力，也是因爲相同原因。」

露西的雙脣微微張開。

「因爲一個群體包括的不只是組成的人，其中還添加了一點什麼，沒有人知道是怎麼回事，就好像那些山也添加了些什麼。」

他用球拍指向南丘。

「好了不起的想法！」她喃喃地說：「真希望再聽聽你父親談話。只可惜他身子不太好。」

「是啊，是不好。」

「這本書裡面有一段關於景物的描寫，很荒謬。」賽希爾說。

「他還說人分爲兩種，一種人會忘記景物，另一種人就算待在小房間裡，也會記得景物。」

「愛默生先生，你有兄弟姐妹嗎？」

「沒有。怎麼了？」

「你剛才說『我們』。」

「我是說我母親。」

賽希爾「砰」地一聲闔上書。

「賽希爾……你嚇我一大跳！」

「我不會再拿約瑟夫．艾默里．普蘭克來煩你們了。」

「我只記得我們三個人到鄉下去玩一天，還看到很遠的欣德黑德。這是我的第一個記憶。」

賽希爾站了起來。這個人真沒教養，打完球也沒穿上外套，太不得體了。要不是露西攔著他，他就要溜走了。

「賽希爾，你就把風景那一段念出來吧。」

「還是讓愛默生先生爲我們助興就好。」

「不……念吧。我覺得聽人大聲念出可笑的文章內容最有趣了。愛默生先生要是覺得我們膚淺，大可以走開。」

賽希爾認爲此話說得巧妙，內心十分滿意。這麼一來，他們的客人倒成了道貌岸然的人了。他的心情多少緩和了些，便又重新坐下。

「愛默生先生，你去找球好了。」她說著翻開書頁。賽希爾想念出書中內容或是想做任何事情，都得由著他。然而她的心思飄到喬治的母親身上，據伊格先生說，她在上帝眼中是遭人謀害，而據她兒子所說，她曾見過遠方的欣德黑德。

「我一定要離開嗎？」喬治問。

「不，當然不一定。」她回答。

「第二章，」賽希爾打了個呵欠說：「如果妳不覺得麻煩的話，幫我翻到第二章。」

她翻到第二章，瞄了一眼開頭的幾句。

她覺得自己想必是瘋了。

「來，把書給我。」

她聽見自己的聲音說：「這不值得念……太蠢了，不必念了……我從來沒看過這麼無聊的東西……當初就不該讓它出版。」

他從她手中取過書。

「『蓮娜，』」他開口念道：「『獨自坐著，若有所思。托斯卡尼鮮豔亮麗的香檳色彩在她眼前展開，其中點綴著無數風光明媚的村落。此時正值春日。』」

不知怎地，賴維許小姐知道那件往事，還拉拉雜雜地寫進書裡，讓賽希爾念出來，又讓喬治聽到。

「『一片迷濛金黃，』」他繼續念道：「『遠處是佛羅倫斯的一座座高塔，而她坐的堤岸上遍地都是紫羅蘭。安東尼奧趁著無人注意，悄悄走到她身後……』」

爲了避免賽希爾看見她的臉，她轉向喬治，結果看見了他的臉。

賽希爾念道：「『他不像中規中矩的戀人那樣，滔滔不絕地吐露心意。他沒有流利的口才，但並未因此受到阻撓。他直接用強壯的臂膀將她擁入懷裡。』」

接著，一陣沉默。

「我想念的不是這一段。」他告訴他們：「後面還有另一段有趣得多。」他翻著書。

「我們進去喝茶好嗎？」露西強作鎮定地說。

她帶頭往上穿過花園，賽希爾跟在後面，喬治殿後。她以爲逃過一劫，不料劫難卻在他們進入灌木叢時降臨。那本書好像還沒鬧夠似的，竟然被遺落了，賽希爾不得不折回去拿。而愛得熱切的喬治，也不得不在狹窄的小徑上冒冒失失地朝她衝上前來。

「不要……」她喘著氣說，但還是又被他吻了第二次。

彷彿不可能再多做些什麼，他很快地溜走。等賽希爾回來後，他們兩人單獨走到草坪高處。

第十六章　對喬治說謊

然而，從春天以來，露西已有長進。也就是說，現在的她比較能夠壓抑傳統與世俗所不認同的情感。雖然這次面臨更大的危險，她卻沒有深自啜泣到不能自已。她對賽希爾說：「我不去喝茶了，你跟媽媽說一聲，我有幾封信要寫。」然後上樓回房，爲接下來的行動做準備。她感覺到愛又回來了，愛是肉體所需，而心靈再加以美化，愛也是我們一生中遭遇最真實的事物，如今卻以世界公敵之姿再次出現，她必須將它扼殺。

她叫人去請巴特雷特小姐來。

這不是愛與責任之爭；也許從來就沒有這樣的競爭關係。這是真假之爭，露西的首要目標就是打敗自己。當她腦中一片混沌，當對景色的記憶轉趨模糊、書中的字句逐漸消失，她再次拿出神經緊張這個陳腔濫調當藉口。她「克服了崩潰的情緒」。她竄改了真相，卻忘記真相曾經存在過。她提醒自己她已和賽希爾訂婚，並強迫自己混淆對喬治的記憶：他對她毫無意義；他從來就不重要；他行爲舉止惡劣；她從來不曾助長過他的意圖。黑暗鍛造出精緻的謊言盔甲，穿上這盔甲後，不僅隔離了其他人，也將自己的靈魂隔離。沒多久，露西已全副武裝準備作戰。

「發生了一件非常可怕的事。」表姐一來，她便說道：「關於賴維許小姐的小說，妳知道些什麼嗎？」

巴特雷特小姐一臉詫異，說她沒看過那本書，也不知道書出版了；伊蓮娜實際上是個守口如瓶的人。

「書裡面有一幕，是男主角向女主角求愛。妳知道嗎？」

「親愛的……？」

「請問妳知道嗎？」她又問一次：「他們在一處山坡上，遠方是佛羅倫斯。」

「我的小露西，我完全一頭霧水。這件事我一無所知。」

「還有紫羅蘭。我不相信這是巧合。夏綠蒂，夏綠蒂，妳**怎麼**能告訴她？我仔細想過才這麼說，**一定**就是妳。」

「告訴她什麼？」她愈來愈激動不安。

「二月那個可怕的下午。」

巴特雷特小姐這下真的動搖了。「噢，露西，我最親愛的表妹……她該不會把那件事寫進書裡了？」

露西點點頭。

「該不會寫得讓人看得出來？」

「對。」

「那我再也、再也、再也不會認伊蓮娜．賴維許這個朋友了。」

「所以妳真的說了？」

「我確實剛好……跟她在羅馬喝下午茶的時候……在談話當中……」

「可是夏綠蒂……我們收拾行李的時候，妳不是答應我了嗎？妳甚至不讓我告訴母親，那為什麼還跟賴維許小姐說？」

「我永遠不會原諒伊蓮娜。她辜負了我對她的信賴。」

「可是妳爲什麼要告訴她？這件事有多重要！」

爲什麼某個人要說出某件事？這是永遠無解的問題，難怪巴特雷特小姐只能輕歎一聲作爲回應。她做錯了，這她承認，她只希望沒有造成傷害。她對伊蓮娜說過，一定要嚴守祕密。

露西氣得直跺腳。

「賽希爾剛好讀了這一段給我和愛默生先生聽，愛默生先生的心情受到擾亂，結果背著賽希爾再次對我無禮。唉！難道男人都這麼粗魯嗎？就在我們走過花園的時候，背著賽希爾！」

巴特雷特小姐頓時自責連連，悔不當初。

「現在該怎麼辦？妳能告訴我嗎？」

「露西……我永遠不能原諒自己，到死都不能。想想看，萬一妳的未來……」

露西聽到「未來」二字，臉色微變，說道：「就是啊，我現在知道妳爲什麼要我告訴賽希爾，還有妳所謂『別人』指的是誰了。因爲妳知道妳跟賴維許小姐說了，而她並不可靠。」

這回換巴特雷特小姐變了臉色。

露西瞧不起表姐這樣躲躲閃閃，說道：「無論如何，反正是覆水難收了。妳真的讓我非常爲難，這問題要怎麼解決？」

巴特雷特小姐也不知道。她精神抖擻的日子已經過去了。現在她是客人而不是伴護，而且還是個失去信用的客人。她緊握雙手站在原地，眼看著露西無可避免地愈來愈生氣。

「他一定得……那個男人一定得好好罵一頓，讓他銘記在心。那要叫誰去罵他？現在拜妳所賜，不能告訴母親，也不能告訴賽希爾，拜妳所賜啊，夏綠蒂。現在我怎麼做都不對，我覺得我會瘋掉。沒有人能幫我。所以我才請妳過來。現在就缺一個揮鞭的男人。」

巴特雷特小姐也同意：需要一個揮鞭的男人。

「對，但光是同意沒有用。該怎麼**做**？我們女人只會嘮嘮叨叨地碎念。當一個少女遇上無賴，她**該**怎麼做？」

「親愛的，我一直說他就是個無賴。不管怎麼樣，我總有點功勞吧。在第一時間，當他說他父親在洗澡時我就這麼說了。」

「唉，還管什麼功勞不功勞，誰對誰錯！這件事搞得一團糟，我倆都有份。喬治．愛默生還在下面的花園，到底要放他一馬，還是懲罰他？我想知道這點。」

巴特雷特小姐完全不知如何是好。她對於自己讓祕密曝光感到狼狽萬分，無數念頭在腦子裡互相衝撞，更令她痛苦。她虛弱無力地移身窗邊，試圖從月桂樹叢中找到那個無賴穿著白色法蘭絨長褲的身影。

「妳在貝托里尼旅館催我動身前往羅馬時，倒是做足了準備。現在難道就不能再跟他談談？」

「我願意盡我所有的力量……」

「我希望聽到更確切的答案。」露西以輕蔑的口氣說：「妳要不要去找他談？當然了，這是妳最起碼可以做的，因爲全都是妳不守信用才會惹出這些風波。」

「我絕對不會再認伊蓮娜．賴維許這個朋友了。」

夏綠蒂真的已經盡力。

「要或不要，請明說，要或不要。」

「這種事情只有男士能解決。」

喬治．愛默生正往花園上方走來，手裡拿著一顆網球。

「那好吧，」露西氣憤地比畫了一下，說道：「沒人要幫我，我只好自己去找他談。」話一說完，她立刻發覺表姐從一開始就是這個打算。

「嗨，愛默生！」佛萊迪在底下喊道：「不見的那顆球找到啦？好樣的！要不要吃茶點？」這時突然有人從屋裡衝上露台。

「啊，露西，妳真是勇敢！好令人欽佩……」

眾人圍在喬治身旁，喬治也以手勢招呼，儘管此時她滿腦子亂糟糟的無聊想法，仍感到有一股渴望開始偷偷填滿她的心靈。一見到他，她的怒氣便消了。唉！愛默生父子畢竟有他們善良的一面。她心頭一熱，好不容易壓下這股激動情緒，才開口說：

「佛萊迪帶他進餐廳了，其他人都去了花園。來，我們趕緊把事情做個了結。來吧。我當然希望妳在場。」

「露西，妳這麼做沒關係嗎？」

「妳怎麼能問這麼可笑的問題？」

「可憐的露西……」她說著伸出手來：「我好像無論走到哪裡都只會帶來災難。」露西點點頭。她想起在佛羅倫斯的最後一晚：收拾行李、蠟燭、巴特雷特小姐的帽子投射在門上的影子。她不會再一次被傷感所困。她避開表姐想撫摸她的手，先行下樓。

「試試這個果醬。」佛萊迪正說著：「這果醬好吃得不得了。」

喬治則在餐廳裡走來走去，看起來高大又邋遢。她一進來，佛萊迪立刻停下腳步說：

「沒有……沒有什麼好吃的。」

「你出去找其他人吧，」露西說：「愛默生先生想吃什麼，我和夏綠蒂會替他張羅。媽媽呢？」

「又到她禮拜天的寫信時間了。在客廳。」

「那好，你去吧。」

他於是唱著歌離開。

露西在餐桌邊坐下。巴特雷特小姐嚇壞了，隨手拿起一本書假裝在看。

露西不想多所牽扯，開門見山地說：「我不能容許這種事，愛默生先生，我甚至無法跟你說話。請你馬上離開，只要我還住在這裡，就永遠不要再來……」她說著說著臉都紅了，隨後指著門說：「我不喜歡和人爭執。請你走吧。」

「怎麼……」

「不要多說了。」

「可是我不能……」

她搖搖頭。「請走吧。我不想把維茲先生叫來。」

「妳該不是……」他完全無視巴特雷特小姐，說道：「妳該不是打算嫁給那個男人吧？」

這句話出人意表。

她聳聳肩，彷彿對他的粗野感到厭煩。「你簡直可笑。」她平靜地說。

緊接著他提高了嗓音嚴肅地說：「妳不能和維茲一起生活。他只能當普通朋友，只能當社交與優雅談話的對象。他應該和誰都無法交心，女人就更不用說了。」

就賽希爾的性格而言，這倒是個新的看法。

「妳有哪次和維茲說話時不感到厭倦？」

「我實在不想談論……」

「不，妳回答我，有嗎？像他這種人，只要圍繞著事物打轉，像是書呀、畫呀，都沒問題，但一牽涉到人，就讓人受不了了。所以儘管現在情況一團糟，我還是要把話講明。無論如何，失去妳已經夠糟了，不過通常男人總得放棄追求快樂，如果妳的賽希爾不是這樣的人，我會克制住，絕對不會放任自己。可是我第一次在國家美術館遇見他時，只因爲我父親念錯一些偉大畫家的名字，他就皺起眉頭。後來他帶我們來這裡，結果卻是爲了對一位和善的鄰居開無聊的玩笑。他就是這樣的人，他會戲弄人，戲弄他所能找到最神聖的生活形式。接著我看見你們在一起，發現他在保護妳和妳的母親，並教導妳們要震驚，但是震不震驚應該由**妳們**來決定。賽希爾又來了。他不敢讓女人自行作決定。正是他這種人，讓歐洲倒退一千年。他無時無刻不塑造妳，告訴妳什麼是有魅力或有趣或有氣質，告訴妳男人心目中的女人味是什麼樣子；而妳，竟然是妳，就聽從了他的意見，而不顧自己內心的聲音。我在牧師家再次遇見你們倆時也是這樣，今天整個下午還是這樣。所以……不是『所以我吻了妳』，因爲是那本小說讓我這麼做的，真希望我當時能多一點自制力。我並不羞愧，也不會道歉，只是嚇著妳了。妳可能沒發現我愛妳，否則妳會叫我走嗎？會這麼淡然地處理一件重大事件嗎？但話說回來，所以……所以我決定挑戰他。」

露西想到極好的說詞：

「愛默生先生，你說維茲先生要我聽他的話，但請容我指出，你也染上這個習慣了。」

他收下這句虛有其表的譴責，點石成金。他說道：

「是的，的確如此。」他垂頭喪氣，好像忽然感到疲憊。「說到底，我也同樣蠻橫。這種駕馭女人的欲望……藏得很深，男女必須合力對抗，才可能進入伊甸園。但我是真的愛妳，而且愛的方式肯定比他強。」他想了一想。「對，的確比他強。即使把妳抱在懷裡時，我還是希望妳有自己的想法。」他朝著她伸出雙臂。「露西，快點……現在沒有時間說話了……到我這兒來，就像春天的時候，以後我會好好向妳解釋的。自從那個人死後我就喜歡上妳了，沒有妳我活不下去。我心想：『沒有用的，她都要嫁人了。』沒想到在這片好山好水、燦爛陽光中，我又再次遇見妳。當妳走進樹林，我就知道什麼都無所謂了。我放聲吶喊。我想活下去，想把握幸福的機會。」

「那維茲先生呢？」露西的冷靜態度值得嘉許。「他無所謂嗎？我愛賽希爾，而且很快就要成爲他的妻子，這也是無關緊要的小事？」

但他仍越過桌面，朝她伸出手。

「能不能請問一下，你想透過這番表白得到什麼？」

他說：「這是我們的最後一次機會，我想盡力爭取。」接著，他彷彿已無其他事情可做，便轉向巴特雷特小姐，只見她背對傍晚的天空而坐，猶如某種預兆一般。他對巴特雷特小姐說：「如果妳能理解，這次就不會再阻止我們。我曾經身陷黑暗，現在又要再次陷入，除非妳能試著理解。」

她狹長的頭用力地前後擺動，彷彿想破除什麼看不見的障礙。但她沒有應聲。

「因爲年輕，」他輕聲地說，一面從地上拾起球拍，準備離開。「因爲確定露西是真心喜歡我。理智上來說，真正重要的是愛與青春。」

兩個女人默不作聲地看著他。她們知道他最後那句話毫無意義，但接下來還會不會有後續？他這個無賴、騙子，難道不會想來個更戲劇化的結尾？結果沒有。他似乎已心滿意足。他離開了她們，輕輕關上前門，她們從走廊的窗戶望出去，正好看見他走過車道，開始爬上屋後布滿枯萎蕨類的斜坡。她們的舌頭頓時鬆開來，忍不住低聲歡呼。

「小露西……回這兒來……噢，好可怕的男人！」

露西沒有反應——至少還沒有。「我倒覺得他挺有意思的。」她說：「要不是我瘋了，就是他瘋了，我想應該是後者吧。妳又陪我度過了一次紛擾，夏綠蒂，多謝了。不過我想這是最後一次，我這個愛慕者不太可能再來打擾我。」

巴特雷特小姐也試著表現出淘氣的樣子：

「親愛的，可不是每個人都能征服這麼一個令人驕傲的愛情俘虜，不是嗎？唉，真不應該笑的，說不定本來事態會非常嚴重。不過妳好明理又好勇敢，和我們那個年代的女性太不一樣了。」

「我們去找他們吧。」

可是一到屋外，她立即止步。有一種情緒襲捲上來，是憐憫？恐懼？愛？總之是十分強烈的情緒，使她頓時感受到秋意。夏日已近尾聲，暮色帶來腐敗的氣味，而更傷感的是，這些氣味讓人想到春天。傷感是因為理智上來說，有某樣東西是真正重要的嗎？有片葉子被強風一吹，從她身旁飄過，地上其他葉子卻都靜止不動。傷感是因為大地正匆匆回歸黑暗，樹影悄悄爬上風之隅的牆面嗎？

「哈囉，露西！天色還夠亮，可以再打一盤，但你們倆得快一點。」

「愛默生先生得走了。」

「真討厭！那雙打打不成了。喂，賽希爾，你來打吧，拜託你就發發善心嘛。今天是伏羅伊待在這裡的最後一天，你就跟我們打場網球嘛，一次就好。」

賽希爾的聲音傳來：「親愛的佛萊迪，我沒有運動細胞。就像你今天早上說的：『有些人除了讀書，其他一竅不通。』我承認我就是這種人，所以就不給你們添麻煩了。」

露西倏地清醒過來。她是怎麼忍受賽希爾的？他實在讓人受不了，於是當天晚上，她解除了婚約。

第十七章 對賽希爾說謊

他一頭霧水，無話可說，甚至沒有生氣，只是端了一杯威士忌呆站著，試圖釐清她何以作出這樣的結論。

她選擇了就寢前的時刻。依照他們中產階級的習慣，這時她總會爲男士們倒酒。佛萊迪和伏羅伊先生一定會把酒端回房間，賽希爾則固定留下，邊喝酒邊陪她鎖餐具櫃。

「我真的很遺憾。」她說：「我仔細地思考過，我們兩個相差太多。我不得不請你放開我，並試著忘記曾經有過我這麼一個愚蠢的女孩。」

這番話還算得體，但是從聲音聽得出來，她的怒氣大於歉意。

「差太多……怎麼會……怎麼會……」

「我沒有受過真正良好的教育，這是其一。」她仍跪在餐具櫃旁，繼續說道：「我的義大利之旅來得太遲，而我在那裡學到的一切也都快忘光了。我永遠無法和你的朋友交談，舉止行爲上，也無法做你稱職的妻子。」

「我不明白妳的意思。妳不像原來的妳。妳累了，露西。」

「累了！」她立刻激動起來，反駁道：「你就是這樣，老是以爲女人心口不一。」

「我是說妳聽起來好像累了，像是有什麼煩惱似的。」

「有又怎麼樣？我還是能認清事實。我不能嫁給你，而總有一天，你會因此感謝我。」

「昨天妳頭痛得厲害……好了，好了，」——因為她氣憤得叫嚷——「我知道不只是因為頭痛。不過，給我一點時間吧。」他閉上雙眼：「要是我說了什麼蠢話，妳一定要諒解，我的腦子真的已經四分五裂。其中有一部分還活在三分鐘前，很確定妳是愛我的，而另一部分……我覺得真的好難……我很可能說錯話。」

她猛然意識到他的反應並不差，這反而更惹她生氣。她再次希望能來一場爭鬥，而不是討論。為了引發危機，她說道：

「有些日子，我們看事情會特別透澈，今天剛好就是這樣的日子。事情遲早會在某一天到達極限，那也剛好就是今天。如果你想知道原因，其實讓我決定找你攤牌的是一件很小的事，就是你不肯和佛萊迪打球的時候。」

「我從來不打網球的，」賽希爾困惑而痛苦地說：

「我從來就不會打。妳的話我一句也聽不懂。」

「湊人數打個雙打，你綽綽有餘。我覺得是你太自私。」

「不，我真的不會……算了，別管網球了。妳怎麼不……妳覺得出了問題，怎麼不提醒我一下？午餐的時候，妳還談到我們的婚禮……至少妳讓我談了。」

「我知道你不會了解。」露西粗聲粗氣地說：「我早該知道我得作這些囉哩囉嗦的解釋。當然不是因為網球，那只是壓垮駱駝的最後一根稻草。這些感覺我已經積壓了幾個禮拜，在還沒確定之前，不說當然比較好。」對此，她作了進一步說明：「以前我就經常懷疑我適不適合當你的妻子，例如在倫敦時。還有你適不適合當我的丈夫？我覺得不適合。你不喜歡佛萊迪，也不喜歡我媽媽。一直以來都存在很多不利於我們訂婚的因素，賽希爾，只是雙方的親人似乎都很滿意，我們又常常碰面，所以提了也沒用，除非……除非事情已經發展到一定程度。今天時機成熟了。我看清楚了。我不得不說出來。就是這樣。」

「我無法認同妳的說法。」賽希爾輕聲說道：「我說不出原因，但雖然妳說的聽起來都對，我卻覺得妳對我不太公平。這一切實在太讓人無法接受了。」

「吵吵鬧鬧又有什麼好處？」

「沒有好處，可是我當然有權利多知道一點。」

他放下杯子，打開窗戶，她仍在跪在原處，鑰匙撞得叮噹響。從她跪的地方可以看見一道黑暗的裂縫，還有他陷入沉思的長臉凝視著那道裂縫，彷彿能從那兒多知道那麼一點。

「別開窗，最好也把窗簾拉上，佛萊迪或是誰可能在外面。」他照做。「你不介意的話，我真的覺得該去睡了。否則我只會說出事後讓自己難過的話。就像你說的，這一切實在太讓人無法接受，多說也無益。」

但是對賽希爾而言，由於即將失去她，每分每秒她都顯得更加彌足珍貴。自從訂婚以來，他第一次認真地注視她，而不是隨意看一眼。她從達文西的畫中人蛻變成活生生的女子，擁有她自己的神祕氣質與力量，更具有連藝術也無法表達的特質。他的腦子從震驚中甦醒過來，一股真摯情愛突然湧現，他不禁高喊：「可是我愛妳啊，我也真的以爲妳愛我！」

「我不愛你。」她說：「一開始我也以爲我愛你。對不起，你最後的這次求婚，我也應該拒絕才對。」

他開始在廳內踱步，那莊重的姿態讓她愈發氣惱。她原本認定他會表現得氣度狹小，那樣反而會讓她好過些。不料她卻誘發出他性情中最美好的部分，真是殘酷的諷刺。

「很明顯地，妳並不愛我。我想妳有妳的道理。但如果能知道爲什麼，我會比較不那麼傷心。」

「因爲」——這時腦海中冒出一句話，她也就照單接收了——「你是那種和誰都無法交心的人。」

他露出驚愕的眼神。

「我不完全是這個意思。但我求你別問，你卻還是要問，我只好說點什麼。意思大概就是這樣吧。當我們只是普通朋友時，你讓我做我自己，可是現在你老是保護我。」她提高聲音：「我不要被保護。我要自己選擇什麼是有氣質、什麼是對的。保護我其實是在侮辱我。難道你不相信我能自己面對事實，覺得我非得透過你得到二手的訊息嗎？女性的地位！我知道你瞧不起我媽媽，因爲她保守，又老是操心布丁之類的事，但是，我的天哪！」——她站起身來——「保守，賽希爾，你才是保守的人，因爲你也許懂得欣賞美麗事物，卻不懂得如何利用，你自己埋首於藝術、書本和音樂當中，就試圖也讓我埋首其中。我不會讓自己窒息在那裡面的，就算再美好的音樂也一樣，因爲人更加美好，你卻不讓我去接觸他們。所以我才要解除婚約。你只要圍繞著事物打轉就沒問題，可是一牽涉到人……」她猛然打住。

一陣停頓後，賽希爾情緒高漲地說：「妳說得對。」

「大致上是對的。」她糾正道，內心充滿一種難以言喻的羞愧。

「每句話都對。妳點醒了我。原因……在我。」

「總而言之，這些是我不能嫁給你的原因。」

他重複她先前的話：「『那種和誰都無法交心的人。』沒錯。我們訂婚的第一天，我就整個人都走樣了。我對畢比和你弟弟的態度簡直像個無賴。妳比我想的還要了不起。」她後退一步。「我不會纏著妳，妳太好了，我配不上。我永遠不會忘記妳這番真知灼見，親愛的，我只怨妳一件事：

妳應該在妳覺得不想嫁給我之前，早一點提醒我，給我一個改進的機會。今天晚上我才終於了解妳。關於女人應該是什麼樣，我一直抱持著愚蠢觀念，而且只是把妳當成這些觀念的範例。但是今晚，妳完全變了個人，有了新的思想，甚至新的聲音……」

「你說新的聲音是什麼意思？」她頓時怒不可遏。

「我的意思是，好像有另一個人透過妳說話。」他說。

這時她慌了起來，大喊道：「你要是以爲我愛上別人，那就大錯特錯了。」

「我當然不是這麼想。妳不是那種人，露西。」

「是的，你就是這麼想。這是你一貫的想法，一個讓歐洲退步的想法，我指的是你認爲女人心裡總是想著男人。假如一個女孩解除了婚約，大家都會說：『啊，她心裡有了別人，她想另找他人。』真是噁心、殘酷！好像女孩就不可能爲了追求自由解除婚約似的。」

他態度恭敬地回答：「我以前可能說過這種話，但我以後絕對不會再說了。妳讓我上了寶貴的一課。」

她開始臉紅，於是再次假裝檢查窗子。

「這裡頭當然沒有『別人』的問題，也沒有『移情別戀』這種令人作嘔的蠢事。如果我說的話讓妳有這種感覺，請接受我最誠摯的道歉。我只是想說，我到現在才發現妳具有一股特別的力量。」

「好了，賽希爾，就這樣吧。別向我道歉，錯的是我。」

「問題在於妳我之間的理想，純粹而抽象的理想，而妳的理想更加崇高。我局限在古板錯誤的觀念裡，妳卻一直創新，令人激賞。」他的聲音忽然開岔：「其實我得謝謝妳，讓我看見真正的自己。我還要鄭重感謝妳讓我見識到真正的女人。我們可以握個手嗎？」

「當然可以。」露西說，另一隻手則扭絞著窗簾。「晚安，賽希爾，再見。沒事了。我很抱歉，非常謝謝你的寬宏大量。」

「我替妳點蠟燭好嗎？」

他們一齊走進走廊。

「謝謝。再次跟妳說聲晚安。願上帝祝福妳，露西！」

「再見了，賽希爾。」

她看著他悄聲上樓，欄杆的黑影從他臉上掠過，宛如鼓動的翅膀。到了轉彎處，他停下來，強自克制著情緒看了她一眼，眼神流露出令人難忘的美。不管修養如何，賽希爾本質上還是個禁慾者，最適合他的戀愛方式莫過於拋棄愛情。

她永遠不可能結婚。儘管心亂如麻，這個意念卻十分堅定。賽希爾相信她，她遲早也得相信自己。她必須成爲自己大力稱頌的那種女性，在乎的是自由而不是男人。她必須忘記喬治愛她，必須忘記是喬治透過她表達了想法，才讓她如此光榮地獲得解脫，也必須忘記喬治已經走進了——什麼來著？——黑暗吧。

她熄了燈。

思考無濟於事，感覺也同樣無濟於事。她決定放棄，不再試圖了解自己，而是加入那支蒙昧大軍，不受情感或理智支配，只跟隨口號邁向自己的宿命。這支大軍當中滿是幽默詼諧與虔誠的人，但他們屈服於唯一重要的敵人，那就是內心的敵人。他們背棄了熱情與真理，即使努力追求美德，終究只是徒勞。隨著歲月流逝，他們受到譴責。他們的幽默詼諧與虔誠出現裂痕，他們的機智變成憤世嫉俗，他們的無私變成僞善。他們每到一處，總是自己不舒坦，也讓人不舒坦。他們背棄了愛神厄洛斯與智慧女神帕拉斯·雅典娜，但這些天神盟友的仇終將得報，不是透過神力干預，而是因應天道循環。

當露西對喬治謊稱自己不愛他，對賽希爾謊稱自己沒有愛上別人時，便已加入這支行伍。黑夜接納了她，一如三十年前接納了巴特雷特小姐。

第十八章

對畢比先生、霍尼徹奇太太、佛萊迪與下人們說謊

風之隅不坐落在山脊頂端，而是在南側邊坡往下幾百呎處，這座山有許多大拱壁支撐著，而它剛好位在其中一座拱壁的拱腳。屋子兩側各有一個淺峽谷，布滿蕨類與松樹，左側峽谷下方便是通往威爾德的公路。

每當畢比先生越過山脊，看見這片壯闊的天地以及安頓其間的風之隅，總會失笑。四周環境的氣勢是那麼雄偉，屋子卻是那麼平凡，甚至可以說是格格不入。已故的霍尼徹奇先生偏愛方方正正的結構，這樣花同樣的錢，可以得到最大的生活空間。後來他的孀妻只增建了一個小角樓，狀似犀牛角，下雨天可以坐在這裡，看著馬拉的貨車來來往往。這棟屋子確實格格不入，但「沒問題」，因爲住在裡面的人是真心喜愛周遭的環境。附近一帶的其他房屋都是身價不菲的建築師所打造，居住者也總是爲了他人終日浮躁不安，但這一切都暗示了偶然與短暫，反觀風之隅倒像是必然的存在，醜歸醜，卻是大自然本身的產物。也許有人會嘲笑這棟房子，但絕不會厭惡到發抖。

週一下午，畢比先生騎著腳踏車前來，還帶來一則小小的八卦消息。他收到艾倫小姐的來信。由於無法搬到西西小屋來住，這兩位令人敬佩的女士便改變計畫，決定前往希臘。

「由於佛羅倫斯對我可憐的姐姐大有助益，」凱瑟琳小姐寫道：「我們就想，那麼今年冬天何不試試雅典。當然，去雅典很冒險，而且醫生囑咐她要吃一種特殊的消化麵包。但話說回來，麵包

還是可以帶去，而且只須先搭輪船再轉搭火車就好。只是不知那裡有沒有英國教堂？」信上接著又說：「我想我們不會再到比雅典更遠的地方，但如果您能介紹君士坦丁堡一間真正舒適的小旅館，我們將萬分感激。」

露西會很高興看到這封信，而畢比先生面帶笑容造訪風之隅，有一部分也是爲了她。她會看出其中的趣味，與其中的一些美好，因爲她肯定能看出美好之處。雖然她的賞畫能力無藥可救，雖然她的穿著品味多半不怎麼樣——唉！看看她昨天上教堂穿的那件櫻桃紅裙裝！——但她肯定能看出生活中一些美好之處，否則彈不出那樣的鋼琴旋律。他自有一套理論，認爲音樂家複雜得難以置信，而且遠比其他藝術家更不知道自己想要什麼、自己是怎麼樣的人，他們令自己也令朋友困惑，至於他們的心理狀態，直到現代才有人關心和研究，但還無人能解。這個理論可能剛剛獲得事實證明，只是他尚不知情。他對昨天發生的事毫無所悉，今天騎車過來只是想喝個茶、看看侄女，順便探探霍尼徹奇小姐，看她能不能從那兩位年長女士造訪雅典的期望中看出什麼美好之處。

風之隅門外停了一輛馬車，就在他看見房子時，馬車起程了，輕快地駛過車道，到達大馬路時突然停下。那一定是他們家的馬，他們的馬要是累了，乘客就要自己走上坡。車門果然打開了，兩個男人從車上下來，畢比先生認出是賽希爾和佛萊迪。他們會一起搭車還真是奇怪，不過他看見車夫腳邊有一只行李箱。一定是戴著圓頂禮帽的賽希爾要離開，而戴著無邊便帽的佛萊迪要送他去車站。他們抄捷徑快步行走，到達頂坡時，馬車還繞在蜿蜒的路上。

他們與牧師握手，卻沒有開口。

「看來你要暫時離開了，是嗎，維茲先生？」他問道。

賽希爾說「是的」，佛萊迪卻慢慢走開。

「霍尼徹奇小姐那兩位朋友，寫了一封很有趣的信來，我想拿來給你們看看。」他念了信中幾句話。「不是很棒嗎？很浪漫吧？她們一定會去君士坦丁堡。她們已經陷入羅網，逃不掉了，到最後還會環遊世界。」

賽希爾禮貌地傾聽後，說他相信露西會覺得有趣並且感興趣。

「浪漫不就應該變幻莫測嗎？我從來沒在你們這些年輕人身上看過這種情懷，你們只會在草地球場上打球，一面抱怨浪漫已死，而艾倫小姐姐妹倆卻用盡各種合宜的武器，不讓這種可怕的事發生。『君士坦丁堡一間真正舒適的公寓式旅館』！她們只是出於禮貌而這麼說，其實心裡想要的是一間有魔窗的旅館，能從窗口看見寂寞仙鄉裡驚波駭浪的大海！[1]兩位艾倫小姐可不會滿足於一般的尋常風景，她們想要的是濟慈旅館。」

「非常抱歉打斷您，畢比先生。」佛萊迪說：「請問您有火柴嗎？」

「我有。」賽希爾說，但他對這個男孩說話時比以往更客氣的態度，並未逃過畢比先生的眼睛。

「你從來沒有見過艾倫小姐她們，是嗎，維茲先生？」

「沒有。」

「那麼你就不會明白這趟希臘之行有多麼不可思議了。我沒有去過希臘，也沒打算去，更無法想像會有朋友要去。我們這種小人物實在不敢有這麼大的野心。你不覺得嗎？我們能應付的頂多就是義大利。義大利若是英雄，希臘就是天神或魔鬼，我不知道哪個比較恰當，但無論如何都已遠遠超出我們郊區小民的活動範圍。好啦，佛萊迪……說實在的，不是我聰明……我是借了別人的想法。還有你的火柴用完以後給我。」他點了一根菸，又繼續和兩個年輕人說話：「我剛才說了，如果我們這些可憐的倫敦人非要有什麼人生經歷的話，就挑義大利吧，這真的已經夠偉大了。我喜歡西斯汀禮拜堂的天花板，那種對比剛好是我能理解的。可是巴特農神殿就不行了，更不要說是菲迪亞斯雕刻的橫飾帶。馬車來了。」

「您說得對，」賽希爾說：「對我們這些小人物來說，希臘太遙遠了。」他說完，隨即上車。佛萊迪隨後跟上，同時對牧師點點頭，他相信牧師並不是在取笑人。他們才走了十來公尺，他又跳下車，跑回來拿維茲先生的火柴盒，因爲剛才沒有還他。他拿過火柴盒後說：「幸好您只談論書。賽希爾受到重大打擊，露西不嫁給他了。您要是像剛才談書一樣談起露西，他可能會崩潰。」

「但是什麼時候……」

「昨天深夜。我得走了。」

「那她們可能不希望我去吧。」

「不會的，去吧。再見。」

「感謝上帝！」畢比先生自顧自喊了一聲，並讚許地拍拍腳踏車坐墊。「那是她唯一做過的蠢事，這下可終於解除麻煩了！」略作思索後，他心情輕鬆地騎下斜坡，進入風之隅。房子又恢復原來的模樣——從此與賽希爾那個矯揉造作的世界一刀兩斷。

米妮小姐在花園裡。

客廳裡，露西正叮叮咚咚彈著莫札特的奏鳴曲。他遲疑片刻之後，還是應請求去了花園。到了那兒，看見心情低落的一夥人。這天狂風大作，把大理花吹得東倒西歪。霍尼徹奇太太正在綁花，看起來一臉不高興，而巴特雷特小姐則穿著很不搭調的衣服說要幫忙，卻是愈幫愈忙。米妮和「園童」（一個從外面請來的小孩）站在稍遠處，各抓著一根長椴木條的兩端。

1 譯註：此處參考余光中先生譯的濟慈名詩《夜鶯頌》。

「您好啊，畢比先生！天哪，真是一團亂！您看看我這些深紅色的蓬蓬型大理花，我的裙子也被風吹得亂飛，而且地面硬邦邦，連根木樁都插不進去，還有馬車也得出門，我本來還寄望包威爾能幫忙呢！說句公道話，他綁大理花的功夫真是不錯。」

霍尼徹奇太太顯然精疲力竭了。

「您好。」巴特雷特小姐開口道，並意味深長地看他一眼，似乎在說受秋日強風摧殘的不只有大理花而已。

「來，雷尼，拿椴木樁過來。」霍尼徹奇太太喊道。那個園童不知道椴木樁是什麼，驚恐地站在小徑上，動也不動。米妮悄悄溜到叔叔身邊，小聲地說今天大家脾氣都很不好，還說綁大理花的繩子不是斷掉而是裂開，而那又不是她的錯。

「陪我去走走吧。」他對她說：「妳太煩擾她們了。霍尼徹奇太太，我只是來串串門子，沒什麼特別的事。可以的話，我就帶她到蜂巢小館去喝個茶。」

「喔，這樣嗎？好的，去吧……不用剪刀，謝謝妳，夏綠蒂，我現在兩隻手上都有東西……我敢說還等不到我過去，那棵橘色仙人掌型大理花就會倒了。」

畢比先生向來善於替人解圍，便邀請巴特雷特小姐陪他們一起去，熱鬧一點。

「好的，夏綠蒂，這裡不需要妳，妳就去吧。不管屋裡屋外，都沒什麼要做的。」

巴特雷特小姐予以婉拒，說她有義務打理大理花壇，卻惹惱了所有人（除了米妮之外），於是她轉身接受邀請，這下又惹惱了米妮。他們往上走過花園時，橘色仙人掌型大理花倒了，畢比先生最後瞥見的景象是園童像抱住情人一樣緊抱住花，一頭黑髮埋進了茂密盛開的花朵中。

「這場花的浩劫真可怕。」他說。

「幾個月的期盼毀於一旦，總是很可怕。」巴特雷特小姐如此表示。

「也許我們應該叫霍尼徹奇小姐去幫她母親的忙。或者她會不會跟我們一起去？」

「我想最好別去打擾露西，讓她做自己的事吧。」

「他們在生霍尼徹奇小姐的氣，因爲她早餐時遲到了。」米妮小聲地說：「而且伏羅伊先生走了，維茲先生走了，佛萊迪又不肯跟我玩。老實說，亞瑟叔叔，這個家和昨天**完全**不一樣。」

「別埋怨了，去穿靴子吧。」她的亞瑟叔叔說。

他走進客廳，本來仍專心彈著莫札特奏鳴曲的露西，一看見他立即停下來。

「妳好嗎？巴特雷特小姐和米妮要跟我去蜂巢喝茶，妳要一起來嗎？」

「我想我就不去了，謝謝。」

「是啊，我看妳也沒心情。」

露西轉向鋼琴，彈了幾個和弦。

「這些奏鳴曲真是優美！」畢比先生說，但其實打從心底覺得那是無聊的小玩意兒。

露西改彈舒曼。

「霍尼徹奇小姐！」

「嗯。」

「我在山頂上遇見他們，妳弟弟跟我說了。」

「是嗎？」她聽起來有些氣惱。畢比先生心裡覺得受傷，因爲本以爲她會想讓他知道。

「我不會說出去的。」

「母親、夏綠蒂、賽希爾、佛萊迪、您，」露西每說一個人就彈一個音，然後又彈了第六個音。

「請容我這麼說，我真的非常高興，也確信妳做得對。」

「真希望其他人也能這麼想，但似乎不是。」

「看得出來巴特雷特小姐認爲這麼做很不智。」

「母親也這麼想。母親介意得不得了。」

「實在太遺憾了。」畢比先生同情地說。

不喜歡有任何改變的霍尼徹奇太太確實很介意，但沒有女兒說的那麼嚴重，而且也只是一下子就過去了。爲母親的失望之情辯護其實是露西的計策，但她並不自覺，因爲她已加入蒙昧大軍，向前邁進。

「而且佛萊迪也介意。」

「不過佛萊迪一向和維茲先生不太合得來，不是嗎？我猜他並不贊成你們訂婚，他覺得你們姐弟倆會因此疏遠。」

「男孩還真奇怪。」

隔著天花板，可以聽見米妮和巴特雷特小姐的爭吵聲。去蜂巢喝茶，顯然需要改頭換面重新整裝一番。畢比先生看得出露西全然不想談她解除婚約的事，便在真心表達慰問之後說道：「艾倫小姐寫了一封荒唐的信來。我其實是爲這件事來的。我想你們應該都會有興趣聽聽。」

「多好啊！」露西無精打采地說。

爲了找事做，他開始念信給她聽。念了幾句以後，她兩眼開始發亮，不久便打岔說：「要出國？她們什麼時候動身？」

「應該是下禮拜吧。」

「佛萊迪有沒有說他會直接回來？」

「沒有，他沒說。」

「我真希望他別到處去說。」

原來解除婚約的事，她是想談談的。向來迎合別人的他隨即將信擱下。不料她立刻高聲大喊：「再跟我說說艾倫小姐她們的事！她們要出國，實在是太棒了！」

「我叫她們從威尼斯出發，搭貨輪沿著伊利里亞海岸南下！」

她笑開懷地說：「噢，太好了！要是能帶上我該有多好。」

「義大利讓妳染上旅行熱了嗎？也許喬治．愛默生說得對，他說義大利只是命運委婉的代名詞。」

「不，不是義大利，而是君士坦丁堡。我一直都很想去君士坦丁堡。君士坦丁堡可以說是亞洲了，對吧？」

畢比先生提醒她，目前還不太可能去君士坦丁堡，艾倫小姐只打算到雅典，「如果路上安全的話，也許會順便去德爾菲」。但這些話澆不熄她的熱忱。看來她一直以來更渴望去希臘，而出乎他意外的是，她似乎是認真的。

「沒想到經過西西小屋的事以後，妳和艾倫小姐她們還這麼友好。」

「喔，那沒什麼，對我來說，西西小屋的事真的沒什麼。只要能跟她們去，我願意付出一切代價。」

「妳回家都還不到三個月，這麼短的時間，妳母親會答應讓妳再次遠行嗎？」

「她**非**答應我不可！」露西激動了起來，嚷嚷著說：「我就是**非**離開不可。我一定要走。」她歇斯底里地用手指梳過頭髮。「我**非得**離開不可，您難道不明白嗎？我當時沒有體認到……當然了，我也特別想去看看君士坦丁堡。」

「妳是說自從解除婚約以後，妳覺得……」

「對，對，我就知道您會了解。」

畢比先生並不了解。霍尼徹奇小姐爲什麼不能安穩地待在家裡？賽希爾顯然採取了有尊嚴的做法，不會來煩擾她。接著他一轉念，想到讓她心煩的可能是自家人。他向她暗示這個想法，她熱切地認可了。

「當然是了，就去君士坦丁堡，直到他們接受事實，一切都平息下來爲止。」

「處理這件事恐怕挺麻煩的。」他溫和地說。

「不，一點也不。其實賽希爾對我很好，只是……既然您已經聽說一些，我還是全告訴您好了……因爲他實在太專橫了。我發現他不肯讓我照自己的意思做事，還要求我作一些不可能的改變。賽希爾不會讓女人自己做主……事實上，他是不敢。唉，我在胡說些什麼！總之就是諸如此類的事。」

「根據我對維茲先生的觀察，再根據我對妳的認識，我也是這麼想的。我真是打從心底同情妳，也贊同妳。正因爲如此，請容我提出一個小小的批評：就爲了這個匆匆趕往希臘，值得嗎？」

「可是我一定要找個地方去！」她喊道：「我已經煩惱一整個上午，而這正是我需要的。」她握起拳頭搥一下膝蓋，又重複一次：「我一定要去！我原本應該花時間陪母親，而且春天時她還爲我花了那麼多錢，你們都把我想得太好了。你們不需要這麼體貼我。」這時候，巴特雷特小姐進來了，讓她更加緊張。「我一定要離開，愈遠愈好。我一定要弄清自己的心思，知道自己想往哪裡去。」

「走吧，喝茶、喝茶、喝茶。」畢比先生說道，一面催促他的兩個客人出門，由於催得太急，竟忘了帽子。回來拿的時候，聽見莫札特奏鳴曲的琴聲又叮叮咚咚響起，感到詫異之餘也鬆了口氣。

「她又在彈琴了。」他對巴特雷特小姐說。

「露西隨時都能彈琴。」她語氣尖酸地回答。

「謝天謝地，她能有這樣的消遣。她顯然十分煩惱，當然了，這也是應該的。事情我都知道了。眼看婚期在即，她想必也是經過一番掙扎才鼓起勇氣說出來。」

巴特雷特小姐扭動一下身子，他於是準備好好跟她討論。他從來看不透巴特雷特小姐的心思。就像他在佛羅倫斯對自己說的：「即使沒有深不可測的意圖，她也展現出深不可測的怪異。」但正因為她冷漠，必然十分可靠。他這麼認為，因此毫不遲疑就和她談起露西的事。幸好米妮正忙著採羊齒植物。

她一開口就說：「這件事最好還是別再提了。」

「為什麼？」

「最重要的是不能讓夏日街傳出流言蜚語。現在要是傳出關於維茲先生被退婚的閒話，是會**要人命**的。」

畢比先生揚起眉毛。「要人命」這話說得很重，太重了。不可能有悲劇發生的。他說道：「當然了，霍尼徹奇小姐會以自己的方式，在自己選擇的時間，將事情公開。佛萊迪之所以告訴我，是因為他知道姐姐不會介意。」

「這我知道。」巴特雷特小姐有禮地說：「只不過佛萊迪連您都不應該透露。小心駛得萬年船。」

「說得也是。」

「千萬拜託您嚴守祕密。一旦不小心向哪個多嘴的朋友說上一句，那……」

「一點也沒錯。」這些神經兮兮的老小姐總愛誇大話語的重要性，他已習以為常。教區牧師的生活中，滿布著瑣碎的小祕密、個人隱私與種種警報，愈是聰明就愈不會去在意這些。牧師會轉移話題，就像現在，畢比先生愉快地說：「最近妳有沒有貝托里尼那些人的消息？妳和賴維許小姐一直保持聯絡吧？說也奇怪，住在那間旅館的我們應該只是偶然相逢，後來卻不斷捲入彼此的生活。兩個、三個、四個，有六個人……不對，是八個，我把愛默生父子給忘了……我們多少都還保持著聯繫。真的應該寫封信向房東太太表達感謝。」

巴特雷特小姐不贊成這個提議，於是他們默默走上山坡，只有牧師偶爾會打破沉默，說出某些蕨類的名稱。他們來到坡頂後停了下來。自一個小時前他站在同一個地方到現在，天色變得更加狂野，爲大地平添一種悲壯色彩，這在索立郡十分罕見。輕薄交織的白雲被大片灰雲衝破，慢慢地延展、撕裂、破碎，直到逐漸消失的藍天在最後的雲層間隱隱閃現。夏日正在撤退。風聲呼號，樹木呻吟，但相較於天上那浩浩蕩蕩的行動，這些聲響似乎嫌弱了。天氣擾動，陰晴不定，變化莫測，在這種危急關頭，配上天使砲隊隆隆齊發的砲聲，只讓人覺得相稱，而沒有超自然的神祕感。畢比先生的目光落在風之隅，露西正坐在裡面彈莫札特。他的嘴角沒有露出微笑，而是再次轉移話題說道：「不會下雨，但是天很黑，我們還是快走吧。昨天晚上那種黑很嚇人。」

他們在五點左右抵達蜂巢小館。這間氣氛宜人的餐館有個陽台，年輕人和不智的人喜歡坐在這裡，而較成熟的客人則會挑選有磨砂地板的舒適房間，坐在桌旁悠閒地喝茶。畢比先生發現，巴特雷特小姐坐在外面會冷，但米妮坐在室內覺得悶。於是他提議兵分兩路，然後從窗口將食物遞給侄女，那麼他剛好也可以談論一下露西將來的命運。

「我一直在想，巴特雷特小姐，」他說：「除非妳堅決反對，否則我想重新談論那件事。」她欠了欠身。「過去就不談了，過去的事我知道得少，也不在乎，我非常確定妳表妹無可挑剔。她的表現高尚而得當，也正因爲她的溫良謙恭，才會說我們把她想得太好了。可是未來呢？說實話，妳對於這個希臘之行的計畫有何看法？」他重新取出信。「不知道妳剛才是不是聽見了，她說她想加入艾倫小姐姐妹倆的瘋狂行動。這實在……我也說不上來……不能這樣。」

巴特雷特小姐默默地看完信，放下來，似乎有些躊躇，接著又看了一遍。

「我看不出這麼做有什麼意義。」

但她的回答出乎他意料之外：「我不同意您的看法。依我看，拯救露西的機會就在這裡了。」

「這是爲什麼？」

「她想離開風之隅。」

「我知道……可是這太奇怪了，一點都不像她，太……請恕我這麼說……太自私了。」

「這是理所當然，經歷了這麼多痛苦的事情，她難免會想改變一下心境。」

這似乎是男性的理智未能理解的一點。畢比先生高聲說：「她就是這麼說的，既然有另一位女士想法和她一樣，我不得不承認我是有點被說服了。也許她的確需要改變心境。我沒有姐妹也沒有……所以不太明白這類的事。但她何必大老遠跑到希臘？」

「這話問得好。」巴特雷特小姐回答道，她顯然有了興致，一改原本閃躲的態度。「爲什麼要去希臘？（怎麼了，親愛的米妮？……果醬嗎？）爲什麼不到坦橋井？唉，畢比先生！今天早上我和露西長談許久，結果不歡而散。我幫不了她，也不會再多說什麼，也許我已經說得太多。我不會說了……她對我幾乎是尖刻冷酷。我不會說的。我本來想找她到坦橋井和我住上半年，她拒絕了。」

畢比先生用刀子戳著一塊麵包屑。

「但是我的感覺無關緊要。我心知肚明，我老是惹露西心煩。我們的旅行很失敗。當時她想離開佛羅倫斯，等到了羅馬，她又不想待在羅馬，而我只是一直想著我在花她母親的錢……」

「不過還是想想未來吧。」畢比先生打斷她：「我想聽聽妳的意見。」

「好吧。」夏綠蒂突然聲音哽咽，雖然露西已見慣了，對牧師來說卻是頭一遭。「我會幫助她去希臘，您會嗎？」

畢比先生沉吟著。

「這是必須的。」她放下面紗繼續說道，隔著面紗的低語聲中，帶有一種熱情、堅定，令他感到驚訝。「我知道……**我知道**。」黑暗漸漸降臨，他覺得眼前這個奇怪的女人可能確實知道。「她不能在這裡再多待一刻，而在她離開之前，我們必須保持緘默。我相信下人們什麼都不知道。然後……我恐怕已經說得太多了。只是光靠我和露西，無力應付霍尼徹奇太太。如果您肯幫忙，也許就能成功。否則的話……」

「否則的話……？」

「否則的話……」她又重複一次，好像已經沒有下文。

「好，我會幫她。」牧師緊緊抿起了嘴。「好了，我們現在就回去，把整件事解決。」

巴特雷特小姐突然舌燦蓮花地表達起感謝之情，道謝之際，餐館外面的招牌（一個有蜜蜂均勻分布的蜂窩）被風吹得吱嘎作響。畢比先生對狀況不是十分了解，但話說回來，他並不想了解，也不想妄下斷語說有「第三者」存在，因為較粗鄙的人就可能這麼想。他只覺得，巴特雷特小姐似乎知道露西想要脫離某種曖昧不明的影響力，而這個影響力很可能有著血肉之軀。也正因為這種曖昧，才激發了他的俠義之心。他抱持獨身主義，但向來絕口不提，總是小心翼翼地隱藏在寬厚態度與修養之下。如今這個信念浮現了，有如嬌弱的花朵般綻放開來。「結婚是好，但避免結婚更好。」他如此相信，而且每當聽說有人解除婚約，他總免不了略感心喜。至於露西的情況，由於他不喜歡賽希爾，內心的喜悅也就更強烈了，他甚至願意更進一步幫助她遠離危險，直到她能確認自己保持處子之身的決心。這種感覺非常微妙，也相當不合教條，他從未告訴過捲入這場糾葛中的任何人。但這感覺確實存在，唯有如此才能解釋他後來採取的行動，與他對其他人所發揮的影響。他在餐館裡和巴特雷特小姐所作的約定不只是幫助露西，也是在幫助信仰。

他們在一片昏天暗地中匆匆趕回家。他聊著一些無關緊要的話題：愛默生父子需要找個管家、下人們的事、義大利下人的事、關於義大利的小說、有某種目的的小說、文學能影響生活嗎？風之隅燈火閃爍。花園裡，霍尼徹奇太太還在拚命救她的花，現在則多了佛萊迪幫忙。

「天太黑了。」她絕望地說：「都怪我們拖拖拉拉，早該知道馬上就要變天了，現在露西又要去希臘。真不知道這個世界會變成什麼樣。」

「霍尼徹奇太太，」牧師說道：「她非去希臘不可。我們進屋裡好好談談吧。首先，您介意她和維茲解除婚約嗎？」

「畢比先生，我很欣慰，真的很欣慰。」

「我也是。」佛萊迪說。

「好，那我們現在進屋去吧。」

他們在餐廳裡商量了半個小時。

露西絕不可能獨自完成希臘之行。這計畫太花錢又太意氣用事，這兩點都是她母親厭惡的。夏綠蒂也成不了事。今天，事情的成敗就全寄望畢比先生了。他憑著圓滑機智與經驗累積的判斷力，再加上身為神職人員的影響力（因為一個不笨的神職人員，能大大影響霍尼徹奇太太），終於說服了她。

「我不懂為什麼需要去希臘，」她說：「但既然您這麼說了，應該沒問題。想必有什麼我不了解的事情。露西！我們去告訴她，露西！」

「她在彈琴。」畢比先生說。他打開門，聽見歌聲唱道：

「莫去看，美人千嬌百媚姿……」

「我都不知道霍尼徹奇小姐也會唱歌。」

「且靜觀，君王整軍備戰時，

莫輕嘗，當酒杯閃亮晶瑩……」

「那是賽希爾送她的歌。女生還真奇怪！」

「什麼事？」露西突然停下並喊道。

「沒事，親愛的。」霍尼徹奇太太溫言說道。她走進客廳，畢比先生聽見她親親露西說：「對不起，關於去希臘的事，我不該發那麼大脾氣，但都是因為那些大理花惹我心煩。」

只聽見一個聲音冷冷地說：「謝謝妳，媽，一點也沒關係。」

「妳說得也對，希臘沒什麼問題，如果艾倫小姐她們願意讓妳一起去，妳就去吧。」

「噢，太好了！太謝謝妳了！」

畢比先生隨後進入。露西仍坐在鋼琴前面，手也還放在琴鍵上。她很開心，卻沒有他預期得那般開心。她母親在旁俯身看她，一直在聽她唱歌的佛萊迪則斜躺在地上，頭靠著她，嘴裡啣著一根未點燃的菸斗。說也奇怪，他們三個人看起來很美。深愛舊日藝術的畢比先生，想起了他最喜愛的主題：「**神聖的對話**」。在這類畫作中，有一群互相關懷的人聊著高尚的事物，這種主題既無感官刺激，也不煽情聳動，因此不受當今藝術界重視。露西在家裡有這樣的好友，為什麼會想結婚或旅行呢？

「莫輕嘗，當酒杯閃亮晶瑩，

莫開口，當人們洗耳恭聽，」她繼續唱道。

「畢比先生來了。」

「畢比先生知道我向來不講究禮數。」

「這首歌很美也很睿智。妳接著唱。」他說。

「其實沒有很好。」她無精打采地說：「我忘了是因爲和聲還是什麼原因。」

「我猜是它沒有學究氣。好美的一首歌。」

「旋律還好，」佛萊迪說：「歌詞卻爛透了。爲什麼要認輸呢？」

「你就會說蠢話！」他姐姐說。**「神聖的對話」**破裂了。露西畢竟沒有理由談論希臘，或是感謝他說服她母親，於是他便告辭了。

佛萊迪在門廊爲牧師點亮腳踏車車燈，平時總是妙語如珠的他又說了：「今天好像有一天半那麼長。」

「請掩耳，勿聽那詩人吟唱……」

「等一下，她快唱完了。」

「莫要將，真金戒指戴手上；

心也空，手也空，眼也空，

逍遙自在活，淡泊以終。」

「我好喜歡這樣的天氣。」佛萊迪說。

畢比先生走進了這樣的天氣中。

有兩個主要的事實非常明顯。一是她的表現很了不起，二是他幫助了她。一個女孩的人生發生了如此重大的改變，總不能期望她顧及枝微末節。就算有什麼地方讓人不滿或困惑，他也只能默許，因爲她選擇了較好的福分。

「心也空，手也空，眼也空……」

歌中陳述的「較好的福分」或許過度強烈了。狂風咆哮中依然聽得見琴聲，他半覺得那激昂的伴奏其實是在附和佛萊迪，對於自己裝飾的歌詞頗有微詞：

「心也空，手也空，眼也空，
逍遙自在活，淡泊以終。」

就這樣吧。此時風之隅第四度安安穩穩坐落在他的下方，猶如澎湃的黑暗浪潮中的一座燈塔。

第十九章

對愛默生先生說謊

兩位艾倫小姐住在布倫斯貝里區附近，一間她們十分喜愛、不供應酒的飯店，飯店房間乾淨、沒有風，十分受倫敦外地來的遊客青睞。這對姐妹渡海之前總會先下榻此處，花一兩個星期時間，慢慢置辦衣物、旅遊指南、防水方巾、消化麵包與其他赴歐陸的必需品。她們從不曾想到國外有商店，雅典也不例外，因爲她們將旅行視爲一場戰爭，只有到乾草市場街的商店備足糧草武器才能上戰場。她們相信霍尼徹奇小姐自己也會做好充分準備。現在已經能買到奎寧錠劑，在火車上想洗洗臉的話，皂紙也相當便利。露西答應會好好準備，神情卻有些委靡不振。

「其實這些事情妳當然都知道，而且還有維茲先生會幫妳。男士就是可靠。」

霍尼徹奇太太也陪著女兒進城來，聽她們這麼一說，開始緊張地敲起名片盒。

「我們覺得維茲先生願意讓妳去，真是好度量。」凱瑟琳小姐接著說：「可不是每個年輕人都這麼無私。不過也許他晚一點會來跟妳會合吧。」

「或者他在倫敦的工作忙，走不開？」泰瑞莎小姐問道。兩姐妹中，她比較尖銳也比較不平易近人。

「不管怎麼樣，他來送妳的時候，我們還是會見到他。我真的好想見見他。」

「沒有人會來送露西。」霍尼徹奇太太插嘴說道：「她不喜歡。」

「對，我討厭送別。」露西說。

「真的嗎？多奇怪呀！我還以爲在這種情況下……」

「霍尼徹奇太太，您不去嗎？真高興能認識您！」

她們逃也似的離開後，露西鬆了口氣說道：「沒事了。總算度過這一關。」

可是母親很氣惱。「親愛的，妳可能會說我沒有同情心，但我就是不明白，妳爲什麼不把賽希爾的事告訴朋友好一了百了。剛才坐在那裡，我說話左閃右躲，還差點要說謊，也差點被看穿，實在太不是滋味了。」

露西有許多話要回答。她描述了兩位艾倫小姐的個性：她們是道地的長舌婦，一旦告訴她們，馬上就會傳遍大街小巷。

「但爲什麼不能傳遍大街小巷？」

「因爲我和賽希爾說好，會等到我離開英國才公開消息。到時候我自會告訴她們，這樣會好得多。雨好大！我們在這兒轉進去吧。」

「這兒」指的是大英博物館，霍尼徹奇太太不肯。要躲雨的話就得找家商店。露西感到不屑，因爲她打算開始對希臘雕刻感興趣，而且還向畢比先生借來神話辭典，想好好記下眾神的名稱。

「好，那就去逛商店吧。我們去穆迪書店，我想買一本旅遊書。」

「妳知道嗎？露西，妳和夏綠蒂和畢比先生都說我笨，所以我應該是真的笨，可是我怎麼也想不通，這樣偷偷摸摸算什麼？妳甩了賽希爾，做得好，雖然我當下覺得生氣，但還是很慶幸他走了。可是爲什麼不公開？爲什麼要這樣遮遮掩掩、鬼鬼祟祟的？」

「只有幾天而已。」

「但有這個必要嗎？」

露西沉默不語。她的思緒飄走了。其實她大可以說：「因爲喬治・愛默生一直騷擾我，要是他聽說我放棄了賽希爾，可能又會開始那麼做。」很簡單，而且有個附帶的好處：這是事實。但她說不出口，她不喜歡吐露心事，因爲這麼一來可能會讓她看清自己，還可能導致最可怕的事：暴露無遺。自從在佛羅倫斯的最後一晚開始，她便認爲對人推心置腹是不智之舉。

霍尼徹奇太太也默不作聲。她心想：「女兒不肯回答我，比起我和佛萊迪，她寧可和那些好管閒事的老小姐在一起。只要能離開家，好像跟什麼阿貓阿狗一起都沒關係。」而她是個藏不住話的人，很快就脫口而出：「妳厭倦風之隅了。」

確實如此。露西逃離賽希爾後曾希望回到風之隅，卻發現她的家已不存在。佛萊迪的生活與思緒都仍直接而單純，可能覺得家還在，可是對一個刻意讓大腦思緒扭曲的人卻不然。她並不承認自己讓大腦思緒扭曲，因爲面對這個現實需要大腦協助，但她已經讓這個生命重要器官失調了。她只覺得：「我不愛喬治；我解除了婚約，因爲我不愛喬治；我必須去希臘，因爲我不愛喬治；查字典找神的名字比幫媽媽的忙更重要；其他人的表現都很差勁。」她只感到急躁，想使性子，滿心只想做別人不希望她做的事，並且就在這種情緒下繼續與母親對話。

「媽，妳在胡說什麼呀！我當然沒有厭倦風之隅。」

「那怎麼不馬上說出來，還先考慮了半小時？」

她無力地笑了笑：「半**分鐘**還差不多吧。」

「說不定妳還想乾脆搬出去住？」

「媽，別說了！別人會聽到的。」因爲她們已經進到穆迪書店。她買了貝德克爾指南，然後接著說：「我當然想住在家裡，但既然談起了，我不妨坦白說吧，將來我更想離開家。妳也知道，明年我就能拿到繼承的錢了。」

母親眼中泛淚。

露西受到一種無以名狀的混亂心情驅使（老一輩的人會稱之爲「離經叛道」），決意將話說個明白：「我見的世面實在太少，在義大利的時候覺得好不自在。我的生活經歷也實在太少，應該更常上倫敦來才對——不是像今天這樣買張廉價車票隨便逛一下，而是留下來。我甚至想找個女孩合租一間公寓，住一段時間。」

「然後成天和打字機和鑰匙鬼混。」霍尼徹奇太太發作道：「還搞政治運動，大喊大叫，兩腳亂踢地被警察帶走。說什麼『使命』，其實是沒人要妳！說什麼『責任』，其實是妳連自己的家都無法忍受！說什麼『工作』，其實是害成千上萬的男人在競爭下挨餓！然後爲了做好準備，就找來兩個連路都走不穩的老太太，說要一起出國。」

「我想要更獨立。」露西說得沒什麼說服力。她知道自己想要些什麼，而獨立是個有用的口號，我們隨時都能說自己尚未獨立。她試著回想在佛羅倫斯時的感覺，當時那種真誠與熱情，讓她聯想到美，而不是短裙與鑰匙。但獨立的想法確實在下意識中影響了她。

「好啊！那就帶著妳的獨立走吧。到世界各地去胡亂闖蕩一番，再因爲吃得不好，整個人瘦巴巴地回來。妳儘管瞧不起妳父親蓋的房子、栽的花園，和我們心愛的風景，去和另一個女孩合租公寓吧！」

露西噘起嘴說道：「也許我話說得太急了。」

「天哪！」她母親臉色一變：「妳怎麼跟夏綠蒂．巴特雷特這麼像！」

「**夏綠蒂**？」這回換露西變了臉色，終於感覺到一陣劇烈刺痛。

「愈來愈像。」

「媽，我不懂妳在說什麼。我和夏綠蒂一點也不像。」

「我看像得很！老是煩惱這煩惱那，還會把說出口的話收回去。昨晚妳和夏綠蒂想把兩個蘋果分給三個人的樣子，說是親姐妹也不為過。」

「胡說八道！妳這麼不喜歡夏綠蒂還叫她來住，也太可憐了。我警告過妳，還苦苦哀求妳不要，結果當然是被當成耳邊風了。」

「妳看。」

「什麼？」

「夏綠蒂又上身了，親愛的，就是這樣，和她說的話一模一樣。」

露西氣得咬牙切齒。「我是說妳不應該叫夏綠蒂來住的，請妳不要轉移話題。」於是談話演變成爭吵。

母女倆逛街時默不作聲，在火車上也幾乎沒開口，在多爾金車站上了馬車以後，還是沒怎麼說話。滂沱大雨下了一整天，當馬車上坡駛過索立郡的深長小路，雨水從橫空伸出的山毛櫸枝葉傾洩而下，嘩嘩打在車篷上。露西抱怨罩著車篷太悶，便往前探出身子，望向外面水氣瀰漫的暮色，看著馬車燈如探照燈般掠過泥巴與樹葉，毫無美感可言。「夏綠蒂上車以後，會擠得難受。」她說。她們還要去夏日街接巴特雷特小姐，因為她先前順道搭了馬車下山，去拜訪畢比先生的老母親。「我們三個人得坐同一邊，因為雖然沒下雨了，樹上還在滴水。噢，要是能透透氣該有多好！」說完便凝神聽著馬蹄聲——「他沒說」、「他沒說」。由於路面鬆軟，這旋律也跟著模糊了。「我們就**不能**把車篷放下來嗎？」她問道，母親則忽然語氣溫柔地說：「好的，寶貝女兒，把馬停下來吧。」馬停了，露西和包威爾一起用力拉扯車篷，水濺到霍尼徹奇太太身上，順著頸子往下流。不過車篷放下後，她果然看到原本不會看到的景象：西西小屋的窗口不見燈光，花園柵門上好像也掛了掛鎖。

「包威爾，那棟房子又要出租了嗎？」她喊著問。

「是的，小姐。」他回答。

「他們搬走了嗎？」

得到的答案是：「那個年輕少爺覺得這裡離市區太遠，他爸爸又有風溼的毛病，不能一個人住，所以他們打算連家具一起出租。」

「這麼說他們已經走了？」

「是的，小姐，他們走了。」

露西頹喪地往後靠坐。馬車停在牧師宿舍前，她下車去叫巴特雷特小姐。結果愛默生父子搬走了，虧她還爲了希臘之行大費周章，根本是多餘。白費了！這三個字彷彿是整個人生的縮影。白費了計畫，白費了錢，白費了愛，而且還傷害了母親。她是不是虛擲了人生？很可能。別人就是。女傭開門時，她一時說不出話來，只是怔怔地看著玄關。

巴特雷特小姐立刻走過來，在一段冗長的開場白之後，想請她們幫一個大忙。她問能不能上教堂，畢比先生和他母親已經先去了，但她堅持要得到女主人完全同意才肯動身，因爲這麼一來，得讓馬車多等個十來分鐘。

「當然可以。」女主人疲憊地說：「我忘了今天是星期五。我們都一塊兒去吧。包威爾可以繞到馬廄去。」

「親愛的露西……」

「我就不必了，謝謝。」

一聲歎息後，她們隨即離開。雖然看不見教堂，但左側高處的黑暗中隱約有些許色彩，那是一扇彩繪玻璃窗，從裡面透出微弱光線。當大門打開，露西聽見畢比先生正在對一小群信眾念誦連禱文。他們的教堂位在山坡上，建得十分巧妙，有高起的美麗袖廊和銀白色木瓦尖塔，但就連這座教堂也失去了魅力。而信仰，這大家絕口不提的事，正和其他所有事物一樣逐漸消失。

她隨著女傭進入牧師住所。

她介不介意到畢比先生的書房坐坐？只有那裡生了火。

她不介意。

裡面已經有人，露西聽見下人說：「先生，有位小姐要在這裡等候。」只見老愛默生先生坐在火邊，一腳擱在痛風患者專用的椅凳上。

「啊，霍尼徹奇小姐，居然是妳來了！」他的聲音有些顫抖。露西發現他變得和上星期日不太一樣。

她一句話也說不出來。她曾經面對過喬治，要再次面對他也沒問題，但她已忘了該如何對待他父親。

「親愛的霍尼徹奇小姐，真的很抱歉！喬治真的很抱歉！他自以爲有權利可以試試看。我不能怪這個孩子，只是希望他能先告訴我就好了。他不應該嘗試的。我事先毫不知情。」

她只願自己能記得如何應對進退！

他舉起手來。「不過妳千萬別責罵他。」

露西背轉過去，開始看起畢比先生的藏書。

「是我教他要相信愛。」他顫抖著聲音說：「是我說：『當愛情來了，那就是事實。』是我說：『熱情不會讓人盲目，不會。熱情的當下是清醒的，而你愛的女人，將會是你一生中唯一真正了解的人。』」他歎了口氣。「這是真理，永恆不變的真理，儘管我的時代已經過去，儘管結局是這樣。可憐的孩子！他真的好難過！他說他知道妳生氣極了，才會帶著表姐進來，還說不管妳有什麼感覺，都不是真心的。但是……」他的聲音多了幾分力量，他大膽地說出來以便確認：「霍尼徹奇小姐，妳記得義大利嗎？」

露西挑了一本書，是一本《舊約聖經》的註釋書。她將書拿高到眼前，說道：「我不想談論義大利，或任何和令郎有關的話題。」

「但妳確實記得吧？」

「他從一開始就行爲不檢點。」

「他直到上個禮拜天才告訴我，他愛妳。我從來不知道怎麼評斷一個人的行爲。我……我……我想，應該真如妳說。」

感覺情緒平穩了些之後，她把書放回架上，轉過身來面對他。他的臉皮鬆垮腫脹，可是那雙深深凹陷的眼睛，卻閃爍著孩子般的勇氣。

「說真的，他的行爲太惡劣了。」她說：「幸好他還會覺得難過。您知道他做了什麼嗎？」

「不是『惡劣』，」他輕聲糾正道：「他只是作了他不該作的嘗試。霍尼徹奇小姐，妳已經心想事成，即將嫁給妳愛的男人。請不要在走出喬治的生命時，說他惡劣。」

「對，當然了。」提到賽希爾，讓露西感到羞愧。「說『惡劣』的確說得太重了。很抱歉用這個字眼形容令郎。我想我還是去教堂好了，我母親和表姐都已經去了，我不能遲到太久……」

「尤其他都已經垮了。」他平靜地說。

「您說什麼？」

「當然會垮了。」他靜靜地合掌，頭垂到胸前。

「我不明白。」

「和他母親一樣。」

「愛默生先生……**愛默生先生**……您到底在說什麼？」

「當年我不肯讓喬治受洗。」他說。

露西害怕起來。

「他母親也認為受不受洗無所謂，可是他十二歲那年得了熱病，他母親的態度就變了。她認為那是天譴。」他打了個寒顫。「多可怕，當時我們都已經拋棄那類的俗事，和她父母決裂了。多可怕呀！當你已經在荒野間拓出一小塊地，栽種了自己的小庭園，讓陽光灑進來，沒想到雜草又再次蔓延，這是最可怕的，比死亡還可怕！是天譴啊！我們的孩子會得傷寒，竟然是因為沒有在教堂裡，讓牧師在他身上灑水！這有可能嗎，霍尼徹奇小姐？我們會從此再次陷入黑暗中嗎？」

「我不知道。」露西倒抽一口氣說：「我不了解這類的事。我不必了解。」

「可是伊格先生……我不在的時候，他來了，並依據他的原則辦事。我並不怪他，也不怪任何人……只是喬治好了以後，他母親就病了。伊格先生要她想想自己的罪，想著想著她就垮了。」

愛默生先生在上帝眼中殺害了妻子，原來是這麼回事。

「唉，太可怕了！」到最後，露西已經忘了自己的事。

「他沒有受洗，我確實很堅持。」老人說道。他用堅定的眼神看著那一排排書，好像終於戰勝它們，但付出了莫大代價！「我的孩子將完好無缺地回歸大地。」

她問說小愛默生先生是不是病了。

「喔……上個星期天。」他這才慢慢回到當下。「喬治上個星期天……不，不是生病，只是垮了。他從來不生病的。但他是他母親的兒子。他母親的眼睛和他很像，也有一樣的額頭，我覺得美極了。所以喬治才覺得人生沒有意義。世事總是難以預料。他會活下去，但卻感到徒勞。他會永遠覺得一切都沒有意義。妳還記得佛羅倫斯那間教堂嗎？」

露西記得，也記得自己當時建議喬治收集郵票。

「妳離開佛羅倫斯以後……糟透了。然後我們來這裡租了房子，他又跟妳弟弟去泡水，情況好轉了些。妳看見他去泡水了嗎？」

「我很遺憾，但再討論這件事也沒用了。我真的、真的很遺憾。」

「後來又發生了一件關於小說的事。我沒完全搞懂，多問了幾句，他卻不想告訴我，他覺得我太老了。沒辦法，人總是會衰老的。明天喬治會來帶我去他倫敦的住處，待在這裡他受不了，而我也得跟著他。」

「愛默生先生，」露西大聲說道：「別走，至少不要是因爲我。我就要去希臘了，您不要離開這個舒適的家。」

這是她第一次流露親切的語氣，他不禁微笑。「每個人都這麼好！看看畢比先生還收容我……他聽說我要離開，今天早上就來找我了！現在我才能在這裡舒服地烤火。」

「是啊，但您別回倫敦去，那太荒謬了。」

「我得和喬治在一起，我得讓他有活下去的意願，他在這裡做不到。他說他一想到會看見妳、會聽到妳的消息就……我不是在替他說話，只是說出實情罷了。」

「愛默生先生，」她拉起他的手，「您千萬不能走。我已經給大家製造夠多麻煩了，總不能又因爲我，讓您搬離喜歡的房子，而且還可能有金錢上的損失。您一定要留下來！反正我馬上就要去希臘了。」

「大老遠地到希臘去？」

她的態度變了。

「去希臘？」

「總之您一定要住下來。我知道，您不會說出這件事。我可以信任你們兩個人。」

「當然可以。如果不能讓妳加入我們的生活，只好讓妳去過妳選擇的生活了。」

「我並不想……」

「維茲先生應該很生喬治的氣吧？是啊，是喬治的錯，他不應該嘗試。我們追求自己的信念過了頭，傷心也是自找的。」

她又重新看著架上的書，有黑色、有棕色，還有那刺眼的聖經藍。這些書包圍在訪客四周，堆疊在桌上，還頂住天花板。其實愛默生先生的信仰極其虔誠，他與畢比先生最大的不同只在於他承認熱情，而露西沒能看出這一點，因此覺得這位老人家竟然在不快樂時，費力地走進這座聖所，仰賴一個神職人員的施捨，實在悲慘。

這時他更加確定她累了，便讓出椅子請她坐。

「不，您坐，我想我去坐在馬車裡好了。」

「霍尼徹奇小姐，妳的聲音聽起來確實很累。」

「一點也不。」露西嘴脣顫抖著。

「但妳真的累了，妳的樣子和喬治有點像。妳剛才說到要出國什麼的？」

她沒有出聲。

「希臘……」她看得出他在思索著這兩個字。「希臘……不過妳不是今年就要結婚了？」

「還要等到一月。」露西說著，雙手交握。到了緊要關頭時，她真的會說謊嗎？

「我想維茲先生也要一起去吧。該不會是……因爲喬治說那些話，你們倆才要離開？」

「不是。」

「希望妳和維茲先生在希臘玩得愉快。」

「謝謝。」

就在此時，畢比先生從教堂回來了。他的聖袍上滿是雨水。「不打緊，」他親切地說：「我就知道你們倆可以相互作伴。又下起大雨來了。所有的會眾，也就是妳表姐、妳母親還有我母親正站在教堂裡等馬車來接。包威爾繞去馬廄了嗎？」

「應該是，我去看看。」

「不，當然是我去看。兩位艾倫小姐好嗎？」

「很好，謝謝。」

「妳有沒有告訴愛默生先生希臘的事？」

「我……有。」

「愛默生先生，您不覺得她要負責照顧兩位艾倫小姐，真是勇氣可嘉嗎？好了，霍尼徹奇小姐，回裡頭去，別著涼了。我認爲三個人出遊確實很勇敢。」他說完便匆匆前往馬廄。

「他不去。」她沙啞著聲音說：「是我失言了。維茲先生會留在英國。」

不知爲何，就是無法欺瞞這個老人。若是對喬治、對賽希爾，她會再次說謊。但是他彷彿已看盡人生百態，臨近深淵時是那麼有尊嚴（對此深淵，他自有一套不同於他身邊那些書本的說法），回顧經歷過的坎坷路途，又是那麼地淡然處之，因而喚醒了她心中真正的騎士精神，不是男女之間那種迂腐的騎士精神，而是所有年輕人可能對所有年長者展現的真正的騎士精神。於是她樂意冒一切風險，對他說出賽希爾將不會與她同赴希臘。她說得太嚴肅了，風險已然無法迴避。他抬眼說：

「妳要離開他？妳要離開妳愛的男人？」

「我……我不得不這麼做。」

「但，霍尼徹奇小姐，這是爲什麼？」

恐懼襲來，她又撒謊了。她搬出先前對畢比先生說的那具有說服力的長篇大論，將來公開解除婚約的消息時，她也打算對眾人發表這番說詞。他默默地聽著，然後說：「親愛的，我很替妳憂心。我覺得，」——她恍如夢中，並不感到驚慌——「妳已經糊里糊塗了。」

她搖搖頭。

「聽聽老人言吧！人生在世，最糟的莫過於糊里糊塗。面對死亡、命運和那些聽起來很可怕的事情，都算容易。真正讓我害怕的是回顧自己的糊塗往事，那些原本可以避免的事。我們或許可以互相幫助，但非常有限。以前我總以爲能教導年輕人認識人生的全貌，但現在我知道做不到，我對喬治的教導總歸只有一句話：小心別犯糊塗。當時在那間教堂裡，妳假裝生我的氣但其實並沒有，妳記得嗎？還有在那之前，妳不肯接受有景觀的房間，記得嗎？這些都是犯糊塗，事情雖小，卻是前兆，而現在的妳恐怕又糊塗了。」她沉默無語。「妳要相信我，霍尼徹奇小姐，人生雖然燦爛耀眼，但也艱難。」她依然沉默。

「我有個朋友這麼寫道：『人生就像公開演奏小提琴，你必須不停地練習這項樂器。』我覺得他比喻得很好。生命過程中，人必須學會利用各種功能，特別是愛的功能。」說到這裡，他突然激動起來：「對了，這就是我想說的。妳愛喬治！」在長長的開場白之後冒出的這四個字，就像開闊大海上的波濤，衝擊著露西。

「可不是嘛！」不等她反駁，他便又接續道：「妳是全心全意地愛那個孩子，明明白白、直接了當，就像他愛妳一樣，沒有其他字眼可以形容了。妳是爲了他，才不嫁給另外一個男人。」

「您竟敢這麼說！」露西喘著氣說，耳中充滿驚濤巨浪的聲音。「多像是男人會說的話！我是說，你們老以爲女人心裡只想著男人。」

「但妳就是啊！」

她表現出噁心欲嘔的模樣。

「妳受到打擊了，但我就是故意要打擊妳，有時候，這是唯一的希望。我沒有其他方法能打動妳。妳一定要結婚，否則人生就浪費了。妳已經走得太遠，無法打退堂鼓。我沒有時間再去管什麼溫柔、伴侶情誼、詩意等等真正重要的東西，而這些也是妳結婚的**理由**。我知道和喬治在一起的話，妳就會找到這一切，我知道妳愛他。那麼嫁給他吧。他已經是妳的一部分。即使妳逃往希臘，永遠不再見他，或甚至忘了他的名字，喬治仍然會影響妳的心思，直到妳死去為止。不管妳多麼希望能做到，也不可能與所愛的人分開。妳可以轉化、忽視或是糊塗地對待愛，卻永遠無法將它從心裡連根拔除。我從人生經驗裡體會到，詩人說得沒錯：愛是永恆的。」

露西氣得哭了起來，儘管怒氣很快就消失，淚水仍在。

「我只希望詩人們也能說出：愛屬於肉體，不是愛肉體，而是愛屬於肉體。呵！要是能承認這一點，就能免於苦惱了！要是能直率一點以解放靈魂，該有多好！妳的靈魂，親愛的露西！我現在很討厭這個字眼，因為它被迷信用許多假道學的言詞包裝。但我們是有靈魂的。我說不上來靈魂是從哪裡來，又要往哪裡去，但我們確實有靈魂，而且我發現妳正在毀滅妳的靈魂。這點我無法容忍，黑暗又悄悄溜進來了，這就是地獄！」這時他猛地打住，改口說：「我拉拉雜雜地說些什麼，又抽象又縹緲！還把妳惹哭了！親愛的小姑娘，請原諒我的無趣，嫁給我兒子吧。我想到人生的意義，想到能互相呼應的愛情是多麼難能可貴……嫁給他吧。世界正是為了這樣的時刻而創造出來的。」

她聽不懂，他的話的確太虛無縹緲了。可是在他說話之際，黑暗一層一層地退去，她看見自己靈魂的最深處。

「那麼露西……」

「您讓我好害怕。」她哀歎道：「賽希爾……畢比先生……已經買好的票……一切的一切。」她跌坐在椅子上，啜泣起來。「我困在一團混亂當中。我不得不離開他，痛苦終老。我不能爲了他擾亂所有的人。他們相信我。」

一輛馬車來到大門前停下。

「請轉告喬治我愛他，就這麼一次。告訴他，『糊里糊塗』。」然後她整理了一下面紗，面紗底下是淚如雨下。

「露西……」

「不……他們進玄關了……請不要，愛默生先生……他們相信我……」

「但妳騙了他們，他們爲什麼還要相信妳？」

畢比先生打開門說道：「我母親來了。」

「妳不值得他們信任。」

「怎麼回事？」畢比先生厲聲問道。

「我說，她騙了你們，你們爲何還要相信她？」

「母親，妳等一下。」他走進來，將門關上。

「我不明白，愛默生先生。您說誰？相信誰？」

「我是說，她在你們面前假裝她不愛喬治。其實他們一直彼此相愛。」

畢比先生看著嚶嚶哭泣的露西，神色非常鎭定，那張蒼白的臉配上微紅的落腮鬍，頓時顯得不像個人類。他像根黑色長柱矗立在那裡，等候她回答。

「我絕不會嫁給他的。」露西以顫抖的聲音說。

他面露鄙夷，說道：「爲什麼？」

「畢比先生……我欺騙了您……也欺騙了我自己。」

「妳胡說些什麼，霍尼徹奇小姐！」

「這不是胡說！」老人情緒激昂地說：「這是您所不了解的人心。」

畢比先生和氣地將手搭在他肩上。

「露西！露西！」馬車上傳來呼喚聲。

「畢比先生，您能幫幫我嗎？」

聽到這個請求，他露出訝異神色，低聲而嚴肅地說：「我真是傷心得無法言喻。可悲可歎……太不可思議了。」

「我兒子有什麼不好？」老人家又激動了。

「沒什麼不好，愛默生先生，只是我對他已經不感興趣。嫁給喬治吧，霍尼徹奇小姐。他會是妳的佳偶。」

他說完便走出去，留下他們兩人獨處。他們聽見他帶著母親上樓。

「露西！」叫喚聲傳來。

她絕望地轉向愛默生先生。但看到他的臉，讓她重新振作起來。那是一位善解人意的聖人的臉。

「此刻，到處是一片黑暗。此刻，美與熱情好像從未存在過。我知道。但想想佛羅倫斯的群山和風景。親愛的，如果我是喬治，並親妳一下，就能讓妳變勇敢了。妳必須冷靜地參與一場需要熱情以對的戰役，必須去打一場妳自己挑起的糊塗仗，妳的母親和所有朋友都會瞧不起妳，唉，親愛的，如果瞧不起人真是正確的事，那他們並沒有做錯。喬治還在黑暗中苦苦地搏鬥，飽受折磨卻一聲不吭。我說得對嗎？」他眼中也湧現了淚水。「對，因爲我們不只是爲了愛或歡愉而奮鬥，還爲了真理。真理很重要，非常重要。」

「親親我。」露西說：「您親親我吧。我會努力。」

他讓她感覺到天神已然和解，讓她覺得在獲得自己心愛男子的同時，也會爲全世界獲得些什麼。她一上車就說了。而在回家的這一整路泥濘髒亂中，他的親吻始終與她同在。他除去了她身上的汙點，讓世人的嘲弄不再刺痛，也讓她明白，直面欲望是何等神聖。多年後她會說，她「始終沒弄清楚他是怎麼使她堅強起來的。她好像驀地就看清了一切。」

第二十章　中世紀結束

兩位艾倫小姐果真去了希臘，不過是自己去的。她們這支小小隊伍將獨自繞過馬利亞角，在薩羅尼克灣的水域破浪前進。她們將獨自造訪雅典與德爾菲，以及知性詩歌中的兩座聖殿：一是雅典的衛城，四周環繞著蔚藍大海，一是德爾菲的帕那索斯山下，此處是神鷹所造，還有青銅戰士無畏地駕著戰車駛向永恆。她們倆人驚疑不定、憂慮不安，帶著一堆消化麵包，還真去了君士坦丁堡，甚至環遊了世界。我們其餘的人，野心不必太大，只要設定一個可望完成，但比較不費力的目標就好了。Italiam petimus（我們去尋訪義大利）：回到貝托里尼旅館。

喬治說這是他當初住的房間。

「不，不是。」露西說：「因爲這是我住的那間，而我住的是你爸爸的房間。我也忘記爲什麼了，反正是夏綠蒂的主意。」

他跪在磁磚地板上，臉靠在她的腿上。

「喬治，你這個小嬰兒，快起來。」

「我爲什麼不能當小嬰兒？」喬治喃喃地說。

她答不出來，便放下手中正在爲他縫補的襪子，凝視窗外。已是黃昏時分，而且又是春天了。

「唉，夏綠蒂真討厭。」她若有所思地說：「像她這種人會是用什麼做成的？」

「跟做牧師的材料一樣。」

「胡說八道！」

「沒錯，就是胡說八道。」

「地板冷冰冰的，你趕快起來，不然就換你風溼痛了，還有別再傻笑了。」

「我爲什麼不能笑？」他問道，同時用手肘壓住她，將臉湊了上去。「不然要哭嗎？親我這裡。」他指著希望她親吻的地方。

他果然是個孩子。事到關頭，記得過去的是她，是她承受了巨大痛苦，是她知道去年是誰住過這個房間。奇怪的是，偶爾犯錯的他更讓她喜愛。

「有信嗎？」他問道。

「只有佛萊迪的一封短信。」

「現在親我這裡，然後這裡。」

接著，再次受到可能患風溼的警告後，他溜到窗邊並打開窗戶（英國人都會這麼做），探出身子。可以看到堤岸矮牆、看到河水，左邊則是連綿山丘的起點。有個出租馬車車夫立刻發出蛇一般的嘶嘶哨聲向他打招呼，他說不定就是一年前，啟動這幸福結局的那個法厄同。丈夫心中產生一股熱烈的感激之情（在南方，所有感覺都會變得熱烈），默默祝福那些爲了一個年輕傻瓜，吃足了苦頭的人事物。沒錯，他自己確實出了點力，但卻表現得愚蠢無比！所有重要的仗都是別人打的——有義大利、有他父親、有他妻子。

「露西，妳來看那些柏樹，還有那間不知叫什麼名字的教堂也還看得見。」

「聖米尼亞托。我先把你的襪子補好。」

「Signorino, domain faremo un giro.（先生，明天出去繞繞吧）」車夫以迷人的自信高喊道。

喬治對他說他找錯對象了，他們可沒有錢能浪費在租車上。

還有那些原本無意幫忙的人：賴維許小姐、賽希爾、巴特雷特小姐！向來容易誇大「命運」的喬治，細數著以橫掃千軍之勢爲他送來這份滿足的種種力量。

「佛萊迪信中有什麼好消息嗎？」

「沒有。」

他的滿足純粹而絕對，但她的卻帶著苦澀，因爲霍尼徹奇一家人還沒有原諒他們，對她過去的虛僞厭惡不已。她已疏遠風之隅，或許再也無法拉近距離。

「他說什麼了？」

「這個傻弟弟！他還真自以爲是。他明知道我們會在春天出發，早在半年前就知道了，他也知道就算媽媽不答應，我們也會自己想辦法。都告知他們那麼多次了，他竟然還說我們這叫私奔。真是荒唐……」

「Signorino, domain faremo un giro……」

「不過一切都會變好的。他得再從頭爲我們倆建立名聲。只是我很希望賽希爾沒有變得這麼不相信女人，這是他第二次有相當大的轉變。爲什麼男人對女人有那麼多意見？我對男人一點意見都沒有。我還希望畢比先生……」

「妳大可以那樣希望。」

「他永遠不會原諒我們……我是說，他再也不會關心我們。真希望風之隅的人不那麼受他影響，真希望他沒有……不過只要我們真誠以待，那麼真正愛我們的人終究會回到我們身邊的。」

「也許吧。」接著他更溫柔地說：「像我就是真誠以待，我確實從頭到尾都沒變過，妳也就回到我身邊了。所以妳應該最清楚。」他轉身往房裡走。「別再管那隻襪子了。」他把她抱到窗前，讓她也看看風景。他們跪了下來，希望不會被路上的人看見，然後開始輕輕呼喚彼此的名字。呵！值得了。現在不只有他們期待的巨大喜悅，還有無數他們作夢也想不到的小小喜悅。兩人沉默不語。

「Signorino, domain faremo……」

「唉，那個人真討厭！」

但露西想起了賣風景圖片的小販，便說：「別對他太粗魯。」隨後吐了口氣，呢喃道：「伊格先生和夏綠蒂，那個冷淡得可怕的夏綠蒂！面對這樣的人，她會有多殘酷！」

「妳看那些正在過橋的燈火。」

「可是這個房間讓我想起夏綠蒂。像夏綠蒂那樣變老是多可怕的事！想想在牧師家那個晚上，她應該沒聽說你爸爸在屋裡，否則她不會讓我進去，而他卻是這世上唯一能讓我清醒過來的人。你是辦不到的。當我非常幸福快樂的時候，」她吻了他一下，「就會想到這一切竟然繫在那麼小的一件事情上。如果夏綠蒂知道就會阻止我進屋，然後我就會跑到可笑的希臘去，人生也會從此變得不同。」

「可是她知道，」喬治說：「她的的確確看見我爸爸了。爸爸是這麼說的。」

「沒有，她沒看見他。她和畢比老太太在樓上，你忘了嗎？然後就直接上教堂了。她是這麼說的。」

喬治又拗了起來。他說：「爸爸看見她了，我寧可相信他的話。當時他在書房的火爐邊打盹，一睜開眼就看見巴特雷特小姐。那是在妳進來的幾分鐘前。他醒來的時候，她正要轉身走開。他沒有跟她說話。」

接著他們聊起其他事情，漫無邊際地聊，就像那些拚命想打動對方的人，而最後的報酬則是靜靜地依偎在彼此懷裡。過了好一會兒，他們才又談到巴特雷特小姐，但這時想來，她的行爲似乎變有趣了。喬治不喜歡有任何曖昧不明之處，便說：「她很明顯是知道的。那麼爲什麼還要冒險讓你們見面？她知道爸爸在那裡，卻還是去了教堂。」

他們倆試著拼湊事情原貌。

聊著聊著，露西心裡冒出一個不可思議的答案。她不肯接受，說道：「這還真像夏綠蒂會做的事，到最後一刻忽然糊塗起來，然後就前功盡棄了。」然而，在逐漸消逝的暮色中、在澎湃怒吼的河水中、在他們兩人的擁抱中，彷彿都有個聲音在提醒他們，她這話沒有真實感，於是喬治低聲說：「她會不會是故意的？」

「故意怎樣？」

「Signorino, domain faremo un giro......」

露西把身子探出窗外，柔聲地說：「Lascia, prego, lascia. Siamo sposati.（走吧，請走開，我們新婚不久）」

「Scusi tanto, signora.（真對不起，夫人）」他也以同樣溫柔的語氣回答，然後揮鞭策馬。

「Buona sera......e grazie.（晚安，謝謝了）」

「Niente.（不客氣）」

車夫唱著歌驅車離去。

「故意怎麼樣，喬治？」

他小聲地說：「會是這樣嗎？有可能嗎？妳聽了會大吃一驚。也許這是妳表姐一直以來的希望。也許從我們相識的那一刻起，她內心深處就希望我們會有這樣的結局，當然了，是非常深的深處。也許她表面上反對我們，心裡卻暗暗抱著希望。不然我想不出其他解釋。妳能想到嗎？看看她一整個夏天都不讓妳忘記我，擾得妳不得安寧，而且她一個月比一個月更加古怪而不可靠。我們的那一幕始終縈繞在她腦海，否則她不可能向朋友描述我們。她講了很多細節，簡直像是烙印在心。我後來看了那本書。她並不冷淡，露西，她並沒有徹底枯萎。她拆散我們兩次，可是那天晚上在牧師家，她又得到一次機會讓我們幸福。我們永遠無法和她當朋友或是感謝她，但我確實相信，在她內心深處，深埋在所有言語與行為底下，她是高興的。」

「不可能。」露西喃喃說道，但轉念想起自己內心的經歷，又說：「不……這大有可能。」

他們沉浸於青春。法厄同唱的歌宣示熱情獲得回報，愛情有了結果。但他們體會到的愛更為神祕。歌聲漸遠，他們聽見河水夾帶著冬天的雪，流入地中海。

Golden Age 48

窗外有藍天

【浪漫即永恆，最令人癡狂的世紀英倫情歌|同名電影經典原著】

作　　者　E. M. 佛斯特
譯　　者　顏湘如

野人文化股份有限公司
社　　長　張瑩瑩
總 編 輯　蔡麗真
副 主 編　徐子涵
責任編輯　余文馨
專業校對　魏秋綢
行銷企劃經理　林麗紅
行銷企劃　蔡逸萱、李映柔
封面設計　莊謹銘
內頁排版　藍天圖物宣字社

讀書共和國出版集團
社　　長　郭重興
發 行 人　曾大福

出　　版　野人文化股份有限公司
發　　行　遠足文化事業股份有限公司
地址：231新北市新店區民權路108-2號9樓
電話：（02）2218-1417　傳真：（02）8667-1065
電子信箱：service@bookrep.com.tw
網址：www.bookrep.com.tw
郵撥帳號：19504465遠足文化事業股份有限公司
客服專線：0800-221-029
法律顧問　華洋法律事務所　蘇文生律師
印　　製　博客斯彩藝有限公司
初版首刷　2023年04月

ISBN 978-986-384-846-2（平裝）
ISBN 978-986-384-847-9（PDF）
ISBN 978-986-384-848-6（EPUB）

國家圖書館出版品預行編目（CIP）資料

窗外有藍天／ E. M. 佛斯特作；顏湘如譯 . -- 初版 . -- 新北市：野人文化股份有限公司出版：遠足文化事業股份有限公司發行，2023.04
面；　公分 . --（Golden age；48）
譯自：A room with a view
ISBN 978-986-384-846-2（平裝）

873.57　　112002202

野人文化
官方網頁

野人文化
讀者回函

窗外有藍天
線上讀者回函專用QR CODE，你的寶貴意見，將是我們進步的最大動力。